LECHE

Literaturas

LECHE

Marina Perezagua

los libros del lince

Diseño de cubierta: Los libros del lince s. l.
Imagen de cubierta: © Walton Ford, *Chingado*. Cortesía del artista
y Paul Kasmin Gallery
Imagen del relato «MioTauro»: © Walton Ford, *Minotaur*. Cortesía
de Walton Ford. Colección particular de Marina Perezagua

Primera edición: abril 2013
© Marina Perezagua, 2013
Edición a cargo de Lorena Bou Linhares
Corrección de estilo: Inés Blanca
Corrección de pruebas: Aymara Arreaza
© Los libros del lince s. l.
Av. Gran Via de les Corts Catalanes, 702, pral. 1.ª
08010 Barcelona
www.loslibrosdellince.com
facebook.com/loslibrosdellince
Twitter: @librosdellince
info@loslibrosdellince.com

ISBN: 978-84-15070-30-6
IBIC: FA
Depósito legal B. 5472-2013

Índice

Prólogo

Como esas flores recogidas sobre las tumbas que devora *Monsieur Merde* en la última y enrabietada película de Léos Carax, la nueva colección de cuentos y pesadillas de Marina Perezagua tiene también ese dulce gusto de lo arrancado a la vida, a su pesar y entre el dolor. Si en su anterior volumen de relatos, *Criaturas abisales*, la sorpresa era capitalizada por el descubrimiento de una voz valiente, distinta, hermosa y esquinada, en este nuevo libro la escritora se fuerza y nos fuerza a aceptar aún otra vuelta de tuerca, o un par de ellas. El paisaje principal que actúa como denominador común de los relatos es ya, sin disimulo, el cuerpo desolado. Hay más enfermedad que muerte, más daño que cura, más terror que consuelo en estas inquietantes páginas y sin embargo... Y sin embargo, ni mucho amor ni lo contrario.

Es precisamente ese *sin embargo* el que hace que su lectura sea no sólo fascinante sino casi terapéutica (si es que las esdrújulas significan alguna vez algo). Lo que sujeta y nos sujeta en este viaje hacia cosas que no necesariamente queríamos ver ni saber es la voz de la escritora, la misma que, en un último pero sólido aliento, parece imbuir a sus personajes del extraño y casi mágico don de la vida. Esa cosa.

La vida, nos descubre Marina Perezagua, es lo primero y lo último, lo inalienable, aquello que sobrevive a la bomba, al fuego, a la destrucción física y anímica que la experiencia nos inflige a traición y, como siempre, por la espalda. Hay en la voz de esta autora, en su fraseo puño por puño, una sorprendente calma, una certeza, una bellísima esperanza. Algo late, algo vive, algo es, entre los escombros de nosotros mismos. Frente a la dureza de sus arrugadas texturas, la escritura de estas tenebrosas narraciones ofrece la firmeza de una voz inquebrantable, el ritmo austero y preciso de quien sabe por dónde anda, aunque camine por la oscuridad.

Merece la pena dejarse llevar, de sorpresa en sorpresa (y no se trata de sorpresas precisamente agradables), por estas páginas a menudo desconcertantes y aparentemente crueles, pero finalmente necesarias y exactas.

RAY LORIGA

A mi madre, brava imaginauta

Little Boy

A Antonio Muñoz Molina, por la explosión
A Rubén Ríos Ávila, por la implosión

Mi profesor F. G. había dado clases en la Universidad Sofía de Tokio durante treinta años. Tenía la mente más clara que he conocido. Fue él quien me recomendó visitar Japón antes de formalizar mi relación con Hiroo, confiando de ese modo en acelerarme la ruptura que él intuía que habría de llegar. Pero yo lo hice al revés. Primero conviví con Hiroo durante cuatro años en Port Jefferson, Nueva York, y luego planeamos el viaje que, en efecto, nos separaría. Para ser aceptada por su familia tuve que empezar por recuperar mi remota ascendencia japonesa. Metí en la maleta varias fotos de mis primos, en quienes los rasgos orientales sí son evidentes, y alguna de mi padre. Pero, claro está, me abstuve de comentar que ésa es la parte de la familia a la que no quiero parecerme. De todas formas, Hiroo traducía como le convenía las pocas palabras que —me advirtió— debían salir de mi boca.

Comenzamos nuestros tres meses en Utsunomiya, prefectura de Tochigi, y así, por primera vez, convivimos en su país. Era un apartamento minúsculo. Todo el cuarto de baño estaba contenido dentro de la ducha, y el horno era una especie de cajón. Al levantarnos teníamos que airear el futón en la calle y volver a meterlo de manera que no molestara durante el día. Había que apoyarlo en la pared por su parte horizontal, porque era un futón hecho a medida de Hiroo que, inusualmente alto, tenía que moverse por el apartamento con la cabeza inclinada. Él no había mencionado nunca la estrechez del habitáculo donde viviríamos. La primera casa que conocí al llegar fue la de sus padres, humilde pero amplia, frente a un campo de arroz que ellos mismos cultivaban. Por eso, cuando vi el apartamento que Hiroo había alquilado supuse que se trataba de un lugar de tránsito, y después de unos días pensé que nadie podría vivir allí más de un par de meses. Pero en la segunda semana de mi estancia conocí a una vecina que habitaba sola un espacio contiguo de las mismas dimensiones y, en contra de lo que yo había supuesto, llevaba diez años viviendo allí.

Como Hiroo iba a la universidad por las mañanas, muchas veces yo le esperaba en el apartamento de nuestra vecina, a quien llamaré H. Nunca le pregunté la edad, pero la calculé. Estábamos en el 2008 y ella me había dicho que en 1945 tenía trece años. Hablaba inglés porque, exceptuando sus primeros catorce años y sus últimos diez, había vivido siempre en Estados Unidos. Desde la frialdad de su saludo inicial hasta el temblor de lo que terminaría por comprender, pasaron diez semanas.

H. comenzó su relato con la misma frase que repetiría tantas veces después: «Quien no estuvo allí no puede imaginar lo que pasó». Leo esta frase en la libreta donde apunté parte de sus confidencias y pienso que quizá por esta razón me ha tomado algunos años decidirme a escribir su testimonio. Cómo contar un hecho que no se puede imaginar. Cómo describir lo que, incluso para aquellos que sí lo presenciaron, se resiste a ser dicho. Pero siempre hay un átomo fácil dentro de la dificultad, y a él intentaré aferrarme. En este caso es algo que, como mujer, sí puedo concebir y que, más allá de la explosión, marcó la historia de H., un eje al que me agarro mientras voy dando vueltas en este reactor de recuerdos y de notas que tomé durante nuestras conversaciones.

Quien no estuvo allí no puede imaginar lo que pasó. Ella misma, que sí había estado, no sabía de qué manera podía contarlo —añadía a veces, como excusándose—. También solía decir que le habría gustado proyectar los recuerdos directamente en una pantalla. Entonces, explicaba —y aquí se le relajaban los rasgos—, no necesitaría decir nada más, y pasaría su película, con esas imágenes recurrentes que no le daban (¿que no le dan?) tregua, y que desembocaban, día tras día, en el mismo lugar, insospechado hasta nuestra última conversación.

Teniendo en cuenta los datos que me dio, pienso en la película que a H. le habría gustado proyectar. Imaginarme fotogramas a partir de los detalles que fue precisando me ayuda a hilar las piezas deshilvanadas de su historia. Así, la película de H. podría empezar con ella en la cama, un termómetro en la boca. Con esa fiebre hubiese debido quedarse en casa. Tenía sólo trece años y le correspondía obedecer a su madre, que no quería llevarla a la escuela. Pero H. insistió tanto que a las ocho en punto, después de una hora en el auto, ya estaba sentada frente a su pupitre. Esa desobediencia la marcará hasta los créditos del final. Exactamente quince minutos y diecisiete segundos más tarde William Sterling Parsons, capitán del *Enola Gay*, arrojaba la bomba, y comenzaba a seguir en los medidores los segundos que el artefacto tardaría en descender desde los 9.470 metros de altitud a los que volaba el avión hasta los 600 metros en que se había predeterminado la detonación. Los tripulantes habían previsto que la explosión ocurriría a los 42 segundos. A los 43 se pusieron nerviosos. En la máxima tensión seguían mentalmente el conteo de los medidores. Con 3 segundos de diferencia, el experimento funcionó: en el instante en que alcanzaron a contar 45 segundos, H. salió disparada hacia otra aula. Al volver en sí H. miró alrededor y ya no había nadie ni nada en pie, ni las paredes. La escuela era ya toda patio, un patio sin juegos abierto a la ciudad también abierta. De los ciento cincuenta alumnos que eran, H. supo después que sólo ella salió andando. En lo que había sido un baño vio un bulto desnudo que se le acercaba. Le pedía agua. Se asustó. Tenía la cabeza tan hinchada que triplicaba su tamaño. Sólo cuando el bulto dijo su nombre reconoció que era su profesora. Corrió.

Tras el lanzamiento, el *Enola Gay* había iniciado la maniobra de escape, trazando un giro de 155 grados hacia el noroeste. La tripulación se puso las gafas oscuras mientras esperaba el impacto de la onda expansiva, que les alcanzó después de un minuto, cuando ya se hallaban a nueve millas de distancia. Para H., los datos fueron mucho menos precisos. No sabía cuánto tiempo permaneció inconsciente, ni cuándo salió de la escuela. Recordaba que los relojes que fue viendo estaban todos parados a la misma hora: 8:16. Pero no se explicaba cómo encontró el hospital. Quizá la llevó alguien que tampoco recordaba. Las semanas que siguieron, hacinada con otros heridos, también son imprecisas. Más tarde se supo que en aquellos primeros días había sólo un médico por cada tres mil víctimas. Aunque entonces lo ignoraba, tenía quemaduras en un setenta por ciento del cuerpo. Después de algunos días sus ojos se sellaron. No podía abrirlos. Pensó que se había quedado ciega. No había medicamentos ni calmantes para el dolor. La única medicina que le administraban era el cambio de postura. Alguien llegaba de tanto en tanto y la movía. Pero los dolores eran tan intensos que cuando le daban la vuelta no sabía si la colocaban bocarriba o bocabajo. Todo el cuerpo le ardía por igual, y nada podía incrementar su dolor, así que el pecho, el vientre, las rodillas, eran la misma placa ardiente que la espalda, las nalgas, la parte posterior de las piernas. H. sentía que había perdido su relieve, que, empujadas por el dolor, su parte delantera y su parte trasera se habían juntado, hasta hacer de ella una plancha plana de incandescencia uniforme. Supo que empezaba a recuperarse el primer día en que sintió la humedad de su orina. Entonces fue capaz de deducir su postura. Si la orina resbalaba hacia abajo, estaba bocarriba. Si salía para formar directamente un charco, estaba bocabajo. Cuando se los limpiaron, pudo abrir los ojos, y cuando el dolor decreció lo suficiente como para permitirle un movimiento incorporó la cabeza para verse toda la carne viva y descubrir que, aunque mantenía las formas en todas sus extremidades, desde la parte baja del vientre hasta sus ingles había un amasijo irreconocible. La hinchazón era tan grande que no podía estar segura, pero todo parecía indicar que la bomba se había ensañado principalmente con su sexo.

17

A veces le contaba a Hiroo mis conversaciones con la vecina. Él nunca decía nada, pero cuando regresaba, sudado, después de estacionar su caballo (como él llamaba, en español, a su bicicleta de carrera), me dejaba sobre la mesa algunas hojas que imprimía en la universidad, desde el trabajo de John Hersey para el *New Yorker* hasta extractos de documentales y testimonios anónimos. De este modo supe que los bultos irreconocibles que necesitan decir su nombre para identificarse no eran sólo una expresión de H. Las imágenes más concretas y poderosas, que yo creía logros suyos, se repetían en testimonios de diferentes personas. En aquel momento le di la explicación que me pareció más lógica. Pensé que lo indecible podía ser la causa de que los mismos supervivientes se prestaran las expresiones más efectivas, creando así un idioma del horror: el idioma más nuevo, el que se aprende de repente, el que no se transmite de padres a hijos, sino de testigo a testigo. En ese idioma, «un bulto con la cabeza tan hinchada que triplica su tamaño» sólo puede ser expresado como «un bulto con la cabeza tan hinchada que triplica su tamaño». No existen las expresiones equivalentes. Es una lengua sin sinónimos.

En la película de H. los heridos caminan entre los muertos pidiendo perdón. De este modo la educaron, avergonzándose por haberse salvado. En las imprentas de los periódicos suprimieron los caracteres de «bombardeo atómico» y «radiactividad», y el Gobierno evitó la palabra «superviviente» por respeto a los más de doscientos mil muertos. En el artículo de Hersey leí que *hibakusha* significa «persona afectada por una explosión». Siendo así, este término esquiva no sólo el dolor, sino el milagro de la supervivencia. Dos letras podrían cambiarlo todo: «Persona afectada por *la* explosión»; pero decir «*una* explosión» parece referirse a un estallido cualquiera, al del calamar que en la sartén toca el aceite demasiado caliente, o al de un petardo que alguien sostiene en la mano durante una fiesta de cumpleaños. Traté de averiguar preguntándole a H. cómo se mostraría la diferencia del artículo en esa palabra, pero no entendí la explicación, o ella no me entendió a mí. Sí me quedó claro que le disgustaba el término. «Si yo tuviera que darnos un nombre —leo en una de mis notas traducida ya al español— nos llamaría *los que llevamos la bomba dentro*, porque la mañana en que un bombardero B-29 lanzó a Little Boy fue sólo el inicio de la detonación.» Pienso en un Big Bang invertido que hora a hora encogía (¿encoge?) un trozo más de universo en el cuerpo de H., para que cualquier día, no se sabe cuándo, reviente por fin.

Tras el final de la guerra, veinticinco chicas fueron seleccionadas para viajar a Estados Unidos y ser sometidas a una serie de operaciones de cirugía estética, destinadas a atenuar el rastro de la bomba. Fueron conocidas como «Las doncellas de Hiroshima». H. las envidió. Seguía por la televisión todos sus pasos, las veía salir del avión, tímidas, cabizbajas, recibidas con ramos de flores en el país que les intentaría devolver las sonrisas en las mismas bocas que antes había desfigurado. H. quería formar parte de aquella selección pero, por razones que aún no entendía, nunca la habrían admitido. Sin embargo, las imágenes de las veinticinco doncellas la llevaron a iniciar unos años de ahorro. Comenzó a guardar todo el dinero que le regalaban, y cuando tuvo edad de trabajar se empleó tantas horas como le permitieron, pensando siempre en las operaciones que más tarde ella misma llegaría a costearse. Algunos cambios fundamentales en su cara y, sobre todo, la reconstitución de su sexo.

Pese a los muchos años transcurridos H. conservaba todavía alguna de sus cicatrices. Las mostraba sin maquillaje. Un queloide rojizo que ocupaba una de sus mejillas y tenía la forma del continente africano, y un tacto resinoso. En Japón esas cicatrices fueron durante mucho tiempo inconfundibles. Por ellas, temiendo las secuelas del mal atómico, los supervivientes comenzaron a ser excluidos. No encontraban trabajo, y las oficinas matrimoniales, que por entonces concertaban buena parte de los matrimonios, empezaron a rechazar a los supervivientes que buscaban cónyuge, anticipando que sus hijos nacerían con malformaciones. En la película de H. aparece su prima embarazada. Su barriga, en lugar de crecer, empieza a achicarse a partir del sexto mes. Como arrepentido, el vientre deshace sus pasos desde el feto hasta el esperma, para alcanzar la añorada forma plana previa a la gestación.

Vuelvo a ese átomo fácil que me permite agarrar la historia de H. y que me impactó más que la bomba que no viví. El núcleo empático surgió el último día que nos vimos. Aquel día es una ventosa abierta en mi memoria, que succiona el recuerdo de H. y lo sostiene por el mismo medio que las ventosas en las patas de un animalito le agarran para que no caiga: el vacío.

Pero hablar de nuestro átomo compartido requiere que me remonte a los orígenes de una asociación peculiar, cuyas integrantes desconocían la historia de H. Cuando H. creó la asociación, hacía veinte años que había dejado su país, y lo único que admitió en un principio fue que era, como ellas, una *hibakusha*. Recién cumplidos los quince años, adoptada por una familia, aterrizó en el país invasor, como si ella y la bomba fueran dos brazos del mismo boomerang que regresa a la mano que lo lanzó. Contaba que en la nueva escuela sus compañeros querían ser futbolistas, astronautas, maestros. Ella sólo quería ser abuela, porque los médicos siempre les dijeron que la radiación acabaría manifestándose más pronto que tarde. Además de las operaciones estéticas voluntarias sufrió otras muchas obligadas, operaciones decisivas para la vida o la muerte y, cuando la conocí, seguía contrayendo nuevas enfermedades. Había aprendido a abrirles la puerta en silencio, como a mí, con una taza de té, tranquila como si cada una fuera la última. Todas las enfermedades eran bien recibidas, excepto una: la pérdida de su hijo. Un hijo atómico difícil de comprender, pero de cuya pérdida puede apropiarse cualquiera. Una pérdida tan real como la cantidad de hierro que se me va cada veintiocho días. Todavía hoy, de vez en cuando, el recuerdo de H. se me aparece entre las piernas, en una compresa empapada y roja, que tiro en ese desagüe estigio que deshace lo mismo a muertos que a no nacidos.

A medida que pasaban los años, la pérdida corroía cada vez más a H., y un día pensó que quizá el contacto con otras madres en una situación similar la aliviaría, en el calor de aquellas que lloraban, en el campo enemigo, la muerte de un hijo. Así surgió la idea. Me dijo H. que al buscar nombres para la asociación ninguno le convino mejor que aquél con que los norteamericanos habían bautizado a la bomba, y así la llamó: Little Boy.

El único día que salí con H. fuimos al mercado de Tokio. Había que ir muy temprano. Aún era de noche cuando comencé a vestirme en silencio, para no despertar a Hiroo. Todavía hoy el mercado sería el primer sitio al que regresaría en Tokio. El pescado se exhibía por secciones, según la especie. En un lado los peces aguja, en otro los salmones. Había grandes áreas verdes dedicadas a las algas. Alguna vez, en un camión, pasaba una ballena. De acuerdo con la disposición de la mercancía, el mercado de Tokio es un museo que organiza lo que en otras pescaderías parece un bazar. Recuerdo que aquel día un turista inglés se me acercó para preguntarme algo, seguramente animado por mis rasgos occidentales. Antes de separarnos, me dijo que me había escuchado hablando con H., y me dio la enhorabuena por mi dominio del japonés. No era la primera vez que me lo decían, y me reí, porque H. y yo nos comunicábamos en lo que yo creía inglés. Como yo había aprendido inglés con Hiroo, que tampoco lo hablaba bien, durante mucho tiempo ese idioma fue un esfuerzo malogrado que me permitía comunicarme correctamente sólo con japoneses. Dejé de reírme cuando comprendí que ese idioma intermedio era un reflejo del limbo conceptual que nos retenía a Hiroo y a mí. No nos entendíamos. No es que no nos lleváramos bien. Tampoco se debía a diferencias culturales, sino que nuestros cerebros parecían estar en el mismo estrato evolutivo de dos planetas diferentes. Con H. tenía la misma sensación, y muchas de las cosas que me fue diciendo no las entendí. Si las hubiera, al menos, interpretado mal, las habría escrito en mi libreta, pero lo que con otra persona podía ser una interrogación, una discusión, con ella, como con Hiroo, era un stop, una inclinación de respeto a otro tipo de inteligencia y, finalmente, una resignación al aislamiento.

El mismo día en que me enteré de que la asociación terminaría por disolverse, H. me dijo que en varias ocasiones había pensado contar a las otras chicas su experiencia, pero no era fácil, se justificaba. Temía que la apartaran, que la expulsaran del grupo que ella misma había creado y la desterraran de ese proyecto donde había puesto lo poquito que le quedaba de energía no sólo para ella, sino para las demás. Imagino que por la misma razón se reservó su caso también conmigo. Pero, antes de eso, me describió cómo Little Boy fue creciendo, con más éxito del que ella había previsto en un principio porque, al poco tiempo, empezaron a llamar madres.

Miro mi libreta de notas. En la cubierta pegué la foto de una pintura del periodo Edo. Es una caza de ballenas. El agua debería estar roja. Pero el rojo en el mar apagaría los tonos ocres de la costa. La estética es el pulso de Japón. La visión de esta pintura me hace recordar algo que H. también repetía a menudo: en Japón la belleza de la laca en las casas cubre las maderas podridas con que han sido levantadas. Pero H. no estaba recubierta por ningún barniz. En su cara mostraba lo que era. No hay mayor franqueza que la que dejó la bomba. La bomba desveló la sangre negada de los cetáceos que tiñeron el mar de rojo para decir: soy yo el verdadero pincel, el de los pelos de uranio.

H. se fijaba mucho en la voz de los otros. Decía que la explosión podía no haber marcado la piel de una *hibakusha*, pero siempre marcaba su voz. La descripción que me hizo de la primera madre que la llamó empezaba por su sonido. Un timbre melódico pero irregular, que intentaba evitar la exaltación de las primeras palabras. Contaba H. que cuando escuchó a J. no podía creer que aquella primera voz había llegado, que en aquel momento estuviera unida por la línea telefónica a una madre igual que ella, la primera boca que sonaba a lo que ella sonaba, que despedía un hálito que posiblemente olería a lo mismo que el suyo. Olí el hálito de H. y apunté: entre raíz y muela, el hálito que despiden las muertas vivientes. Recuerdo ahora que H. me contó que durante los días posteriores a la explosión la gente caminaba con los brazos extendidos hacia delante. Los que habían quedado ciegos lo hacían para no tropezarse en el camino con otros supervivientes, pero también quienes conservaban la vista extendían de la misma manera los brazos quemados y viscosos, para evitar que se les pegaran al tronco.

J. no había sido marcada por Little Boy, sino por otra bomba: la lluvia. Aquel líquido negro, espeso, que siguió a la explosión. La gente dejó que las mojara y J., como tantos, no protegió a su bebé. No podía saber que ese fluido aceitoso, que muchos incluso bebieron, traía una bomba en cada gota, una ametralladora de úlceras y cánceres que al principio no se veían, pero que de un día para otro brotaban fuertes como patatas. Me impactó esa capacidad de reciclaje que describía H. Todo fue así durante muchos años: la gente estaba bien y, de repente, ya no estaba. Así que no todo fue sinceridad en la bomba: la apariencia, el movimiento, no servían ya para distinguir a los vivos de los cadáveres, y el bebé de J. pasó los primeros seis meses tan visiblemente sano como calladamente muerto.

J. y H. tuvieron su primer encuentro en el banco de un parque. En la película de H. a los árboles de los parques no les queda ni una sola hoja. En el punto de impacto la temperatura de la tierra llegó a los 4.000 °C. La temperatura máxima de la superficie del Sol es de 5.800 °C; a los 1.500 °C el hierro se funde. Como los bultos de cabezas tan hinchadas que triplican su tamaño, hay otros personajes que pasean por los testimonios. Son aquellos que miraban al cielo mientras caía la bomba, y que se mencionan siempre con palabras muy concretas: un verbo —sujetar—, un nombre en plural —ojos—, otro verbo —salir— y otro nombre —órbitas—. Tras dejar la escuela el día de la explosión, H. recuerda haberse cruzado con hombres y mujeres que deambulaban sujetándose los ojos con las manos para que no se les salieran de las órbitas. Los ojos de H. eran tan negros que parecían huecos.

Little Boy se me hacía más visible en cada visita a H. Puesto que lo que H. me contaba había sucedido entre 1945 y 1963, a veces me angustió pensar que veía algo que ya no era, la luz que llega de un sol apagado. Aún no sabía que desde aquella explosión no existe para nuestra raza peligro de oscuridad. El padre de la bomba atómica trajo la promesa de luz más radical; fue el último mesías, el dios mayor de la física teórica que compartió una fórmula imposible de borrar, un arma cuya existencia no se detuvo en su detonación, sino que inseminó al resto de los países con la rapidez del coito de un conejo. Hoy existen más de veinte mil bombas como las de Hiroshima. Más de veinte mil conejitos folladores y pirómanos que prometen un incendio planetario para hermanarnos en la eyaculación de un mismo Sol.

H. me enseñó algunas fotos de diferentes años, pero todas posteriores al día del ataque. Me sorprendió que me dijera que la bomba había transformado su apariencia positivamente, y que no podía reconocerse en las fotografías anteriores a aquel lunes 6 de agosto. La bomba —me dijo— se atrevió a cambiar partes de ella que aborrecía, y le esbozó nuevos rasgos que más tarde, cuando tuvo el dinero suficiente, la cirugía terminó de fijar. La declaración me pareció dura en exceso, pero entonces yo aún no podía saber que, antes del ataque, H. ya era una víctima y, de todos sus allegados, la bomba fue la única que supo verla como lo que era.

En las fotos H. era hermosa. Lo seguía siendo. No recuerdo en qué momento de nuestra relación me atreví a hacerle la primera pregunta íntima, pero sé que me sorprendió su respuesta porque superaba con creces la intimidad que yo me había permitido. Le pregunté si había vuelto a tener relaciones sexuales. Ella me dijo que había estado con dos hombres, pero que debieron de ver algo que les asustó. No podía decirlo con seguridad porque no había visto otro sexo femenino, pero pensaba que las operaciones no habían tenido el éxito que le prometieron. Desde entonces era la única parte que no permitía que le viera nadie, ni siquiera un médico. De acuerdo con eso —pensé—, ninguna de las enfermedades debía de haberle entrado por ahí. El sexo de H. había sido fuerte como un refugio atómico, sólo que, lastimosamente, nadie quería entrar en él.

De una empatía surgida naturalmente entre H. y J., se derivó cierto entusiasmo por poner en marcha Little Boy. H. me contó que, de todas las madres que conoció después, J. era la que mayor confianza le inspiraba, y precisamente por ello se le hizo más difícil mantenerle oculto su caso. J., dentro de su tragedia, tenía ganas de vivir, y se esforzó por contactar con otras madres, mujeres que vivían encogidas, agazapadas detrás de paredes, de armarios, de juguetes anticuados; mujeres invisibles que andaban a la caza de un espectro al que agarrarse, y que lloraban la ausencia de una aparición como se llora una segunda pérdida.

S. fue la tercera mujer que se unió al grupo. H. y J. fueron a verla a su casa. Era una casa normal. Cuando la muerte es reciente, todos los miembros se envuelven en un halo aciago, sentido por algunos, impuesto en los más lejanos o los más jóvenes, pero aceptado por todos, que entienden que es así como debe ser. En las casas donde la muerte es remota todo se torna normal, excepto por uno de sus muebles: la madre. H. contaba que S. no estaba nerviosa, sino rígida, muy seria, quizá desconfiada de que Little Boy cambiara en algo su rutina, un saco de horas que iba cargándodose a la espalda como quien se quita las moscas de encima. Su salón olía a calabaza asada. H. me dijo que en el hospital oyó que la gente desenterraba en las antiguas huertas las calabazas inmaduras que el fuego había asado.

H. oyó muchas cosas en el hospital. Recordaba que un hombre contó que, al llegar a su casa una semana después de la explosión, encontró la pelvis de su mujer en el solar que era cuanto quedaba del edificio. Pero añadía aquel señor que no fue esa visión lo que le marcó. Lo que le despertaba por las noches era revivir el momento en que, al agarrar la pelvis para meterla en un cubo, se quemó la mano. Después de siete días, todavía estaba caliente. Cuando H. comenzó a recuperarse, la pelvis le seguía quemando, y pensó que por alguna razón aquellos huesos debían de conservar el calor mejor que otros. Sin embargo, me contó que a partir de la bomba perdió todo apetito sexual. Por su edad, sólo había respondido a su instinto mediante la masturbación, pero el último ardor de su sexo no fue sexual, sino febril. Ya en los primeros días de semiconsciencia, cuando su mente aún no sabía lo que sabía su cuerpo, entró en fases delirantes, en las que se filtraba el miedo a las consecuencias de su nuevo estado, y en su convalecencia comprobó que, si bien su atracción por los chicos, sus sentimientos, seguían siendo los mismos, la libido había desaparecido. Igual que si hubiera perdido una pierna. Como había oído casos de víctimas que durante algún tiempo notaban ciertas sensaciones en el miembro amputado, esperó el síndrome del miembro fantasma. Lo esperó durante años, sin querer escuchar que la sensación del miembro fantasma suele aparecer poco después de la pérdida. Prefería seguir considerándose, al menos en ese sentido, afortunada. La percepción en una pierna que no está no sirve de nada, nunca podrá dar un paso o acompañar a la otra pierna; sin embargo —se decía esperanzada— la percepción de un sexo amputado será suficiente para levantar la cosquilla del orgasmo. Cuando fue despidiéndose de esta esperanza, deseó sentirlo al menos una última vez. Pero padeció muchos síndromes, sin llegar a conocer aquél. Estaba definitivamente amputada, como una escultura griega que lleva, en su belleza, su pena: aquel abrazo imposible de la Venus de Milo.

No recuerdo con exactitud cuándo comprendí lo que H. no me había dicho. He de suponer que fue algo progresivo, algo que fui asimilando imperceptiblemente hasta que se me manifestó del modo más natural. Sí recuerdo que en un instante lo entendí todo y, a pesar de que ella todavía no lo había mencionado, sentí que no habíamos dejado de hablar de ello. El mutismo de H. al respecto me había estado hablando con su órgano más elocuente: el silencio. Vuelvo entonces sobre mis pasos y rectifico. Si la pena de H. estuviera en algún sitio, no estaría en el abrazo imposible de la Venus griega, sino en el pene perdido del Apolo Belvedere, salvo por un detalle: lo que en otro muchacho habría sido pena, en H. fue alivio. El día en que H. pudo al fin contarlo, yo ya lo sabía. No hubo sorpresa ni drama por mi parte, sólo muchas preguntas agolpadas en mi cabeza, que ella fue respondiendo al concretar algunos detalles. Me dio entrada, entonces sí, a su mundo más íntimo, al que pasé sin la rigidez con que anteriormente le había preguntado sobre sus relaciones sexuales.

H. siempre había tenido una conciencia muy clara de niña, pero había sido educada como niño debido a que nació con un pene que, más aliado con su conciencia que con su entorno, no llegaría a crecer. H. había nacido con un *trastorno de diferenciación sexual*. Pertenecía, pues, a lo que más tarde se generalizó como un *tercer sexo*. Al nacer, los médicos y los padres decidieron que era un niño, pasando por alto ciertos rasgos ambiguos y el órgano femenino que por fuera no se veía: un útero a medio formar. La llevaron a un colegio de chicos y la criaron ocultándole que su sexo fue motivo de confusión durante sus primeras semanas de vida. Hasta los doce años las dificultades de H. pasaron por su peinado, su uniforme, las proyecciones que sobre su futuro como hombre hacían sus maestros. Pero cuando se desarrolló, los conflictos fueron avanzando desde las ropas y su corte de pelo, hacia otros cambios internos. Su testosterona, aunque débil, no lo fue tanto como para dificultar que, en su pubertad, comenzara a salirle vello, como al resto de sus compañeros de escuela, y experimentara otros cambios visibles, que corrían en paralelo a la producción de semen en sus testículos. Lo que antes había sido vestuario pasó a ser orgánico, inherente, y una mañana se levantó con el uniforme ya puesto. H. decía que lo más traumático fue no poder desvestirse de esas ropas con las que los demás la habían vestido. Las imposiciones ajenas, como abdómenes de araña secretando su hilo, la habían ido atrapando como la presa que no era. Y, entre la tela, un margen de movimiento: su pene diminuto respondiendo a los estímulos de su mano izquierda. El bichito masturbador explorando las ventajas de su nueva máquina. Pero no bien la leche densa le ligaba los dedos en membranas de ave acuática, H. se preguntaba si ese clímax sería suficiente para compensarla.

H. empezó a pensar en la automutilación, cada vez con más frecuencia. En nuestras conversaciones reconoció que aquellos pensamientos quizá podrían haberse quedado en el alivio de una fantasía, en un jugueteo de la mente como evasión. Por eso se alegró de que la bomba se lanzara a materializarlos. Pero verse la cicatriz no fue fácil, y se pasó semanas llorando por el pene que siempre, y también entonces, había detestado. Durante mucho tiempo durmió bocarriba porque extrañaba la fricción del pequeño apéndice entre el futón y su piel. Pensaba en él como en la cola que, separada de la lagartija, gasta sus últimos coletazos en un intento por reencontrar su cuerpo. Le habría dolido menos imaginar su pene carbonizado, inerte, hecho puré; pero lo imaginaba sacudiéndose, buscándola entre las ruinas de Hiroshima como un lagarto sin ojos.

Diez años estuvo H. sintiendo el desamparo de un reptil que extraña el coleteo del mismo rabo que desprecia. Su espíritu, basculando entre el alivio de la pérdida y el dolor de la castración, en el pasadizo reptante entre su mutilación y el deseo de ver su cola regenerada en un órgano diferente. Y, por fuera, el sexo de una muñeca. Ni pene ni vagina. La explosión también le había afectado a los testículos, que habían quedado reducidos a la mitad de su tamaño en el escroto.

Ya entonces comenzó a sentir el deseo de ser madre. Seguía en las noticias cómo algunas de las doncellas de Hiroshima anunciaban que tras sus operaciones emprenderían la maternidad, mientras iban difuminando cicatrices, recuperando partes de sus formas amparadas social y económicamente por el que, de repente, se había convertido en el país del buen humor. Las doncellas de Hiroshima eran recibidas con globos, aplausos. H. recordaba un show televisivo llamado *This is your life*. En él vio al reverendo Tanimoto, que en aquel momento estaba en Estados Unidos acompañando a aquellas jóvenes. El presentador, con una sonrisa invariable, hacía un recorrido por la vida del reverendo, remontándose a su infancia. H. sabía que el señor Tanimoto estaba allí en su calidad de *hibakusha* y, como todos, esperaba su testimonio, impaciente. Pero el presentador jugaba a provocar el suspense en los telespectadores, y, entre capítulo y capítulo, se publicitaba un esmalte de uñas, cuyo nombre compartía con el reverendo su carácter eclesiástico: *Hazel Bishop*. Pasmado, el reverendo esperaba a que una señorita terminara de frotarse con un estropajo las uñas pintadas con el último esmalte del mercado, imposible de descascarillar. Además del suspense y el esmalte, se intercalaba en la historia de Tanimoto un factor de intriga: a los pocos minutos de iniciarse el programa apareció en el plató la silueta de un hombre que comenzaba a hablar tras un panel traslúcido. El presentador le advertía al reverendo sobre esa sorpresa, le anunciaba el encuentro con un hombre al que nunca había visto. Antes de salir de detrás del panel, la silueta habló: «El 6 de agosto de 1945 yo estaba en un B-29 volando sobre el Pacífico. Destino: Hiroshima». Se trataba de Robert Lewis, copiloto del *Enola Gay*, que —explicaba el presentador— estaba aquella noche en el mismo plató que el reverendo para estrechar, ante miles de espectadores, sus manos en un gesto de amistad. A pesar de conocer aquellas humillaciones, H. no podía dejar de envidiar a las doncellas de Hiroshima. Al independizarse de la familia que la había acogido, comenzó con las intervenciones más asequibles: una mamoplastia de aumento y un fuerte tratamiento hormonal destinado a feminizar su aspecto. Todavía tendría que esperar diez años para afrontar, una vez ahorrado el dinero suficiente, la decisión de fijar la sentencia dictada por la explosión mediante una vaginoplastia.

Cuando H. formó Little Boy ya se había recuperado de sus últimas cirugías. Agotó sus ahorros con los viajes e intervenciones en Suecia, pues Estados Unidos en aquella época era todavía reticente a la operación definitiva que ella solicitaba. Al comenzar las reuniones de Little Boy cada madre contó su caso, todas excepto H. que, como fundadora, se reservó el derecho al silencio. Yo sabía que también conmigo tenía sus reservas, y que aquel capítulo que me había contado era, a pesar de su dificultad, la cara amable de una cruz adversa. Intuía que el mayor dolor tenía que ver con la naturaleza de ese hijo que H. había perdido y que, entonces, no lograba entender. Así, continué escuchando los testimonios que H. me contaba sobre las demás madres, mientras trataba de adivinar a dónde quería llevarme.

Veintiún años atrás S. estaba en la orilla del río mirando cómo su hijo de veintidós meses andaba entre las pequeñas piedras. Hablaba a la vez con una amiga, y la siguiente imagen que tuvo, la imagen que sintetizó su vida desde aquel día, fue la oscuridad de la noche a las ocho y cuarto de la mañana y, frente a ella, la luz intensa de un sol pequeño: su niño incendiado a un metro del suelo. Pero, de todos los testimonios que me contó H., hay uno que, quizá por su carácter visual, recuerdo sin necesidad de mis notas. Fue el testimonio de K. Vivía en uno de los pocos edificios de cemento que había en Hiroshima. Limpiaba los cristales de su apartamento en la tercera planta mientras veía cómo su madre columpiaba a su hijo en el parque. Mojaba el paño en la cubeta fijándose en el vaivén del columpio. El niño parecía venir hacia ella empujado por su abuela para, de nuevo, retroceder, pertinaz en el juego. Dijo que con la explosión el niño salió despedido hacia arriba en su último balanceo y que, a través de los cristales hechos esquirlas, asistió a la transformación de su hijo a lo largo de la trayectoria desde el aire hasta el suelo. Sin abandonar su forma de niño, todo él, en pleno vuelo, se ennegreció. Ya no era carne lo que volaba, sino polvo prensado en forma humana que, en su caída, comenzó a desunirse como lluvia de ceniza. Lo mismo me contó H. sobre los pájaros que volaban en aquel momento. Mientras batían las alas pasaron de pájaros a moléculas de carbono. Así, sin fuego, sin heridas, el pájaro terminaba en su metamorfosis más lógica: la ingravidez perpetua, el vuelo más ligero, libre de esfuerzo y de alas.

Abajo, en la tierra, los más cercanos al punto de impacto se esfumaron, dejando tras de sí el indicio de su forma en las llamadas sombras atómicas. Las paredes donde habían estado apoyados, los escalones donde se habían sentado, conservaron sus siluetas debido a que la radiación incidía de manera diferente según cuál fuera la materia. Así, si la radiación tenía que atravesar una persona, la superficie que ésta ocupaba quedaba como recortada de su entorno. H. contaba que una de las madres creía haber reconocido la sombra de su hija en un muro de la escuela. Durante meses estuvo dedicada a la conservación de esa silueta. La protegía del viento y de la lluvia, como en un yacimiento arqueológico, tratando de que no se desdibujara el claroscuro con la última postura de la gacela. Cuando comenzó la reconstrucción de Hiroshima y derribaron el muro, la madre abandonó Japón.

Pienso que la diferente incidencia de la radiación en los cuerpos de acuerdo con sus superficies explica la descripción que leí por aquellos días en alguno de los documentos que Hiroo me dejaba sobre la mesa. Un señor expresaba su extrañeza al ver a una mujer en un kimono ajustado. Cuando se fijó mejor vio que la mujer estaba, en realidad, desnuda, tan desnuda que no le quedaba ni un centímetro de piel. Sin embargo, los colores de su kimono, al absorber y reflejar de manera distinta el calor de la bomba, habían dejado impresas en el cuerpo las flores del antiguo paño. También el reverendo Tanimoto había hablado de la desnudez de las víctimas. A primera vista parecía que iban en harapos, pero en realidad eran trozos de su propia piel que colgaban como trozos de tela. H. me contó que una de las últimas imágenes que vio antes de sus semanas de ceguera fue la de aquella doctora que, al quitarle el zapato, se llevó con él, como si fuera una media, la piel de toda su pierna. Los médicos aún no sabían cómo tratar a los heridos. Ni siquiera los invasores conocían los efectos físicos de la bomba, como se sabría después.

La vaginoplastia de H. tuvo todo el éxito que esta operación permitía en aquella época, seguramente insuficiente para la penetración de un pene de la misma época. Penes paleolíticos que buscaban vaginas estándares, agujeros de dimensiones y texturas similares. Pero H. había quedado contenta. Anorgásmicamente satisfecha porque, si bien la pérdida del glande impidió que se le pudiera componer un clítoris, esto le resultaba psicológicamente menos dañino que el orgasmo de un miembro que no reconocía. Sin embargo, con el tiempo, con la madurez, sí tuvo que aceptar que la bomba se había precipitado. De haber explotado diez años más tarde, su vida —me decía— podría haberse visto acompañada por la existencia de su hijo.

Después de J., S. y K., las tres primeras afiliadas a Little Boy, vinieron otras seis. Llegaron a ser diez mujeres. Diez madres que ya no lo eran. Diez dedos desmembrados que esperaban su reinserción en dos manos derechas. H. decía que se notaba entre ellas algo parecido a la ilusión por la ilusión, y su deseo se puso en marcha: hacer de aquella hermandad una sola madre gigante que llora la muerte de un solo hijo. Reponerse, ese verbo rechazado tantas veces por absurdo, le pareció que entonces, en la trabazón de todas ellas, podría al fin conjugarse. Puesto que en el momento del ataque H. tenía trece años, todas esperaban impacientes su historia, como el relato de la madre más joven. Pero ella siempre callaba, y durante meses las demás respetaron su silencio. Luego, cuando se quedaba a solas, buscaba las palabras con que relataría su experiencia. Pero —se disculpaba— su película no era sólo muda, sino silenciante, y esas mismas imágenes que le gustaría haber proyectado para hacernos entender le tapaban la boca a ella misma. Evocaba entonces el silencio radical de la ciudad arrasada, pasados los primeros días tras la explosión. En el hospital donde ella estaba los moribundos dejaron de quejarse. Ni siquiera los niños lloraban. Sólo se escuchaba un susurrar de nombres. Eran los que buscaban a los familiares de caras voladas, en una extraña experiencia, porque el encuentro no dependía del que buscaba, sino del buscado. Si el herido no tenía las fuerzas o las ganas de decir «soy yo» a esa boca que se acercaba a su oído, entonces su padre, su hijo, seguiría susurrando indefinidamente en las orejas equivocadas.

H. me dijo que había un rasgo masculino que el tratamiento hormonal no había conseguido detener: la calvicie. A partir de los treinta años, tuvo que comenzar a utilizar peluca. En realidad, no sabía si la caída de pelo se debía a una calvicie prematura de su parte masculina o a los efectos de la radiación. En mi libreta, junto a la palabra «peluca», tengo el dibujo de un puente que une las palabras «hormonas» y «radiactividad». Pienso en la forma de los puentes en Japón. Gracias a su arqueamiento, quien los cruza puede ver el paisaje desde diferentes niveles. Cruzar es entonces no sólo el acto de pasar de orilla a orilla, sino de ver cuántos paisajes caben en un solo paisaje. H. era el puente de hombre a mujer que reconoce, en su curvatura, todos los géneros que existen entre ambos márgenes. Pero H. también era el nexo entre un trauma biológico y otro atómico, en una época en la que los jóvenes japoneses de mi edad ya no sabían decir qué había ocurrido en su país el 6 de agosto de 1945.

Comencé a alternar los libros y papeles que Hiroo me iba dejando sobre Hiroshima con mis primeros acercamientos a la intersexualidad. No recuerdo de qué manera llegué a una lectura que me interesó particularmente. Se trataba de una serie de manga de Chiyo Rokuhana. Su nombre —«IS (Aiesu)»— hace referencia a la palabra intersexual mediante las siglas «IS». El manga, de diecisiete volúmenes, comenzó a publicarse en Japón en el año 2003, pero sólo su primer volumen fue traducido al español en el 2010. Yo no podía, por tanto, comprender la mayoría de los diálogos, pero algunos de los dibujos eran suficientemente ilustrativos como para intuir el conflicto de sus personajes. En una de las viñetas, una maestra señala en una proyección la imagen de una vagina a las alumnas. En la siguiente, aparecen todas las alumnas ruborizadas, con esas sombras a rayas características con que se muestra el rojo en las mejillas de los cómics en blanco y negro; todas excepto Hiromi, la protagonista de la primera parte del volumen I, un intersexual que creció como niña a pesar de los genitales masculinos que le enseñaron a esconder. En su viñeta, Hiromi es la única con las mejillas lisas, porque no puede sentir el rubor de la vagina que no tiene.

Lo que H. no sabía explicar cuando fundó Little Boy no era su trastorno de diferenciación sexual. No sólo para ella su identidad como mujer había sido casi siempre diferenciable, sino que con el tratamiento hormonal y las operaciones, tampoco para los otros debía de existir ningún tipo de ambigüedad. Lo que H. no sabía explicar era otra cosa. Era ese sentimiento que temía que las demás no entendieran, y que ella ubicaba en su medio útero, ese órgano cuyo destino disfuncional fue marcado por las primeras semanas de gestación. El embrión hermafrodita que todos somos durante nuestros primeros días se detuvo para H., debido a una hiperplasia adrenal congénita, en su indeterminación. Ni macho ni hembra. Macho y hembra. Pero, más allá de su biología, estaba ella como mujer. Principalmente como mujer. Pocos años después de la explosión, H. comenzó a sentir el anhelo de tener un hijo. Lo que al principio fue sólo un deseo se convirtió al cabo de un par de años en un sentimiento de urgencia por quedarse embarazada, tan poderoso que habría puesto todos los medios a su alcance para procrear. Recordó los días en que, siendo adolescente, y a falta de clítoris, se masturbaba mediante su pene, y pensó que, a falta de ovarios, podría haber engendrado con el mismo el hijo deseado. Testículos, amenorrea, hipotrofia mamaria, vesículas seminales, indicaban que estaba diseñada para ser padre. Pero la bomba le estalló anticipadamente, cuando era tan joven que no quería ser ni madre ni padre.

H. y J. establecieron para Little Boy reuniones quincenales. Los gastos de transporte de aquellas que vivían más lejos eran costeados entre todas. Se reunían en una sala que habían alquilado para ese propósito, que H. pasó días limpiando porque seguramente hacía años que nadie ocupaba, y comenzaron a hablar. H. hacía las veces de moderadora mientras que, una a una, las demás iban recreando su relato. Los trece años que H. tenía en el momento del ataque no dejaban de incitar la curiosidad de las demás que, cada vez que ella abría la boca, seguían el movimiento de sus labios como queriéndole sacar las palabras.

H. preparaba el modo en que finalmente hablaría. Mientras tanto, disfrutaba con la posibilidad de que aquellas madres deshijadas pudieran ser sus mejores —quizá únicas— oyentes. Contaba que el local que habían alquilado, una nave rectangular demasiado grande, alteraba su aspecto con cada relato, y era piel, río, uñas, asfalto, poblado de niños de bocas negras, pero también de niños que correteaban, que reían y se dormían de brazo en brazo.

Durante el tiempo que estuve en Japón fui al cine con Hiroo una sola vez. Vimos una película de Yojiro Takita: *Okuribito*. La película no tenía subtítulos pero —pienso ahora— mi poco conocimiento de la lengua me había dotado, después de varias semanas, de esa especie de hipersensibilidad que nos permite leer aquello a donde la letra no llega; el gesto, el color, la intuición de la onomatopeya. Por otra parte, al igual que me había pasado antes con el manga, muchas de las imágenes de *Okuribito* eran suficientemente ilustrativas de su contenido. Así, en una de las primeras escenas, comprendí lo que en el momento me golpeó como una coincidencia extraordinaria. El joven protagonista se enfrentaba a la primera práctica, junto a su maestro, de un oficio improvisado como *nokanshi*. El *nokanshi* en Japón se encarga de preparar el cuerpo del difunto según la ceremonia del *Nokan*, en la que se acaricia, se masajea y se lava el cuerpo con la esponja tibia y amable de una ternura doble: la de una despedida que es a la vez una bienvenida. En esta escena, el aprendiz, frente a la familia de una difunta joven y hermosa, preparaba su cuerpo. Parecía viva, debido a la dulzura de un suicidio con monóxido de carbono —me tradujo Hiroo, mientras yo veía cómo el *nokanshi* admiraba el rostro de la cadáver. Comenzaba acariciándole la cara. Pero no eran unas caricias ordinarias. Presionaba levemente los párpados, los pómulos, la barbilla, como si quisiera destensar los músculos más pequeños. Luego le tomaba una muñeca, y se la sujetaba para empujar la palma de la mano rígida hacia atrás, como un estiramiento que prepara las extremidades antes del ejercicio físico. Parecía que el cuerpo se iba distendiendo, de manera que era difícil pensar que aquellos contactos tuvieran nada que ver con un final sino, muy al contrario, con un despertar. Un despertar a la muerte que era como un despertar a la vida. Así era exactamente como me despertaba Hiroo antes de que abriera los ojos. Los masajes que espabilan del sueño al cuerpo aletargado son los mismos que los que animan hacia la muerte al cuerpo entumecido. Pero la coincidencia que me impactó, porque me condujo a un capítulo tan preciso en la historia de H. que estaba entonces conociendo, no fue ésta, sino la segunda parte de la escena. El *nokanshi*, siempre ante la atenta mirada de los familiares, cubría el cuerpo con una especie de colcha, y retiraba bajo ésta el kimono de la joven. Una vez que le había quitado el kimono, lo situaba sobre la colcha, que también retiraba para dejar finalmente a la joven desnuda bajo su kimono. Esto le permitía meter la mano bajo la tela y comenzar a limpiar la piel sin necesidad de ver el cuerpo desnudo. A la cabecera de la muchacha, un cuenco humeante de agua, en el que el *nokanshi* mojaba una pequeña toalla que introducía a la altura del pecho. Comenzaba a lavar el cuerpo. Bajo el kimono se adivinaba el recorrido de los dedos templados, como las patas de un animalito que, sigiloso, abre un túnel a ras de superficie. Pero, un poco más abajo del vientre, la mano se detiene. El animalito ha encontrado algo, lo palpa, trata de identificarlo. Sin duda, es un pene. El pene entre sus dedos sorprende al *nokanshi*, que mira estupefacto el rostro inequívoco de la joven, sus facciones de mujer, su cabello largo, y comprende, de un golpe, su suicidio.

Creo que comprender el suicidio de un desconocido de un golpe, sin palabras, a partir sólo del contacto con su cuerpo, era el tipo de comprensión que necesitaba H. Una comunicación afásica que, en su caso, podría explicarse con una endoscopia. Pienso entonces en una cámara situada en un tubo quirúrgico que por introito vaginal llega hasta el útero de H. Todos los que ella quiere que entiendan estamos sentados en una sala. La microcámara que recorre el cuello uterino de H. proyecta la imagen en una pantalla que nos envuelve. Nosotros somos la cámara. Por ahora sólo vemos rosa. Un túnel rosa. Al final del túnel está la resolución, la comprensión del conflicto de H. Pero, por ahora, esperamos. Esperamos en la suspensión de un cordón umbilical que cuelga de arriba, del cielo, de una bomba que se aproxima y que, en su caída desde el aire, comienza a atisbar una cuadrícula de calles irregulares; comienza, conforme se acerca en picado, a comprender Hiroshima.

En el manga de Rokuhana, al descubrir en internet que existen otros IS como ella, Hiromi decide, para no perder al chico que le gusta, someterse a una reasignación de sexo mediante una orquidoctomía —conocida vulgarmente como castración— y un desmontaje del pene, que asimismo sería reciclado para la construcción de la neovagina. En su primera visita al doctor, Hiromi es sentada en un potro de ginecólogo. Nunca antes en ese hospital se había utilizado un potro ginecológico para observar de cerca un pene, y Hiromi ve, entre sus piernas, que el número de personas que forman el equipo médico va aumentando, y siente en su sexo más dedos de los que tiene un solo médico. Ve, también, los flashes de las cámaras que la fotografían, como material científico, y escucha las voces de admiración de los que la examinan. No está ahí sentada como paciente, sino como objeto de estudio. Naturalmente esto me lleva a pensar en los primeros contactos de H. con los médicos de la ocupación americana. Estaban allí sólo para examinar, y no intervenían nunca, ni siquiera en los estados más simples de vómitos o diarrea infantil. Algunas víctimas seguían contribuyendo, sin saberlo, al desarrollo del Proyecto Manhattan. Más tarde leí que los experimentos humanos de dicho proyecto no se estrenaron con los japoneses, sino que comenzaron algunos meses antes de la explosión, concretamente el 10 de abril de 1945, cuando se inyectó al primer hombre una dosis de plutonio 41 veces mayor a la media que una persona recibe en toda su vida. Se trataba de Ebb Cade, un hombre negro de cincuenta y tres años que, herido tras un accidente de tráfico, fue llevado al U.S. Army Manhattan Engineer District Hospital, en Oak Ridge, Tennessee. Cade fue el primero de los dieciocho pacientes que recibieron una inyección letal de plutonio.

Las reuniones de Little Boy continuaron durante mucho tiempo. Como H. no encontró el modo de explicar su caso, terminó por mentir, en la necesidad de no romper los vínculos que la habían unido a las demás madres. Su hijo, les contó a todas, murió a causa de la radiotoxemia. H. envidiaba a aquellas que lloraban una muerte puntual. Le parecía que describir la pérdida de lo que se ha tenido resulta mucho más fácil que expresar la verdadera pérdida: lo que, a pesar de estar grabado en el núcleo de sus células, nunca llegó a ser, el hijo que nunca pudo concebir. Por eso mintió. Para hablar tuvo que mentir.

A H. la llamaban *hibakusha* pero, si ella hubiese tenido que darse un nombre —me dijo en nuestra última conversación— se habría llamado «la gestante nuclear», porque la mañana en que un bombardero B-29 lanzó a Little Boy, la bomba la preñó de un bebé atómico que sentía pero no podía ver, en la pesadilla de un embarazo que prolongó los nueve meses hasta hacerlos durar toda una vida.

Vuelvo a las viñetas de Hiromi. A Hiromi le duele un testículo. Se lo toca a través de la falda. Hiromi encuentra el diario de su madre. La letra de la madre dice que la llamó Hiromi para que, cuando cambiara de sexo, no tuviera que cambiar de nombre. Hiromi decide operarse. Sueña con una vagina artificial. Pero Hiromi también sueña con niños. Hijos que salen de ella. Entonces decide no operarse. Pienso que H. habría querido ser Hiromi. Ser padre, mejor que no ser padre ni madre. Ser padre y luego ser madre. Pero la bomba se anticipó y se llevó, con su pene, a su hijo. No me lo explicó con palabras. Tampoco yo puedo escribirlo con palabras. Yo lo vi a través de otra endoscopia. No es una metáfora. Es una endoscopia. H. se abrió de piernas y habló con la boca cerrada. La cámara, de nuevo, en su cuello uterino. Un latido retumbaba cada vez más cerca. El sonido no salía de su sexo, ni del monitor donde veía las paredes rosas, sino que procedía de muy arriba, de la bomba que en su descenso cortaría el aire. Vi que el artefacto mostraba unos numeritos con su peso, más de cuatro toneladas. Supe que los B-29 tenían fallos de despegue, y que debido a ello la tripulación estaba obligada a armar la bomba en pleno vuelo. Así, vi la mano del último hombre que la tocó, Morris R. Jeppson. No temblaba, pero tenía miedo. A lo mejor Jeppson ignoraba que de la bomba pendía un cordón umbilical. Seguí el cordón con la mirada hacia arriba. Era un cordón muy largo, de 9.479 metros. Rozaba el vientre de H. De un lado, la bomba que iba a caer; del otro, H. que esperaba. Yo también esperaba que el cordón se acoplara en su útero. Pero H. tenía sólo medio útero y el cordón fue a engancharse fuera de ella, justo en la mitad de útero que no existía. Vi el hipocentro de la explosión y entendí la incineración súbita del vacío: una columna vertebral de bebé que succiona su alrededor en corrientes de agujero ascendente. Una columna sin médula. Sin nada. De un golpe comprendí la bomba emasculadora, que cayó para capar el pene, quemar los testículos, el deseo, el hijo. Era un lunes 6 de agosto, y la bomba descendía veloz, temprano, por entre las nubes soleadas. Eran, exactamente, las 8:16:43 de la mañana cuando el bebé recién fallecido de H. comenzaba a llorar.

El alga

Años de inmersiones a pulmón han hecho que hoy, en superficie, si estoy quieta, de modo que ningún tipo de movimiento requiera un gasto de oxígeno, sea capaz de aguantar la respiración hasta seis minutos. Mi récord es, más precisamente, seis minutos y siete segundos. Durante ese tiempo, tengo la impresión de que mi pensamiento ocurre en otro lugar de mi cerebro, más alejado. Si creyera que es posible, diría que ocurre fuera de mí, y que su actividad no interfiere en mi cuerpo. Así, cualquier idea de miedo, alegría o tristeza, no alterará mi pulso que, por la falta de aire, se va ralentizando. Por eso, hay dos maneras de saber si respiro: una, arrimar un cuerpo a mi nariz o a mi boca, y la otra, comprobar dónde ocurre mi pensamiento.

Ahora respiro y pienso normalmente. Imagino que en los intervalos en que dejo de respirar y el corazón comienza a bombear más despacio, una tomografía puede mostrar que la actividad de mi cerebro, aunque moderada, existe. Pero nadie me va a llevar a un hospital para descubrirme señales de vida porque, entre otras cosas, el médico que me sostiene la mano es Iván, mi mejor amigo. Él fue quien, como cómplice, accedió a certificar mi muerte cuando me sacaron del agua. Y él es quien, en su papel de amigo de la infancia, va dando instrucciones de proceder al velatorio, atendiendo a mis deseos.

Iván les ha dicho a todos que, en caso de morir en el mar, era mi última voluntad que no me velaran en una habitación oscura llena de cirios, sino aquí, en mi barca, atracada en el muelle, desde donde, uno por uno, entrarán a despedirse. Cuando se despida el último, Iván soltará los cabos y me llevará a alta mar. Al regresar les dirá que me dejó ardiendo. Y al amanecer, quizá alguno, a lo lejos, creerá ver un destello. Pensará que soy yo, naranja, incendiada. Mi muerte para ellos será, para mí, mi nacimiento.

Van llegando. Les oigo. Son todavía un coro de suspiros y susurros indistinguibles en el muelle. Disimulo y espero. Tengo curiosidad por escuchar esas cosas que sólo se dicen a los que ya no oyen. Tumbada bocarriba, inmóvil en el balanceo de la barca, el graznido de las gaviotas empieza a adquirir otro sentido. Ahora cantan. Las gaviotas son las sirenas del marinero muerto, pienso.

Los primeros pasos que reconozco son los de mi tío. Su peso escora la barca a estribor. Él fue el único en mi infancia que estimuló mi atracción hacia la profundidad. Me habla: «Mientras yo pescaba, tú estabas en el agua y, a veces, antes de subir, limpiabas el casco y liberabas la hélice de parásitos y esponjas. A cambio, te permitía sumergirte agarrada al ancla. Yo mismo acomodaba tu cuerpecito, de manera que no hubiera posibilidad de enredo, y te bajaba con la manivela hasta tocar fondo». Ah, tito, es cierto, fuiste tú quien me enseñaste que bajar de esa manera, quieta, me permitía estar dentro mucho más tiempo, porque mi cuerpo no consumía tanto oxígeno. Pensé que seguramente por el mismo motivo yo siempre había cerrado los ojos en el agua. La mirada exige aire. Mirar cansa.

Iván me da tiempo para que pueda respirar entre visita y visita del cortejo que espera en el muelle. Disimuladamente, me toma el pulso para comprobar que estoy bien. Con un toque sutil en la muñeca me señala que las pulsaciones se normalizan. Esto indica que tengo tres minutos para recuperarme y coger aire de nuevo, mientras él hace esperar al siguiente que, desde el muelle, pensará que me está arreglando el cabello, las pestañas, colocándome la mano que al último familiar se le olvidó devolver a mi pecho.

Mi situación requiere dos cualidades que condicionan las despedidas definitivas: sinceridad y parquedad, motivada, esta última, por la limitación de tiempo, teniendo en cuenta que, aunque ya cae la tarde, estamos en agosto, la canícula continuará durante la noche, y mi cuerpo, se supone, comenzará a descomponerse pronto. En realidad este límite temporal, que todos creen venir impuesto por el deterioro de la carne, se corresponde con un impulso de vida: el tiempo que mi cerebro se toma para volver a pedirme aire. He acordado con Iván que tres minutos serán más que suficientes para que cada uno se despida.

Liberarse de la necesidad de respirar favorece un estado de paz difícil de describir a quien no lo haya experimentado. En esta paz espero a la próxima persona. Entra. La siento cerca. Dice mi nombre, Alba. Y, sin embargo, ocurre algo insólito: es la voz de un desconocido. Atiendo a la segunda palabra, y no hay duda. No sé quién es. No he escuchado esta voz en mi vida. Me estremezco cuando, en un tono alegre, dice las primeras frases: «Tu sexo hinchado. Yo todavía dolorido. Cuando me desperté ya no estabas. Llevo horas buscándote». Intento mantener la tranquilidad necesaria para seguir conteniendo la respiración, estática, pero la sorpresa ha devuelto mi pensamiento a su lugar habitual, y comienzo a hacer juicios, a dudar, a preguntarme qué está pasando, de quién es la voz. No adivino quién puede ser. Si estuviera en un tanatorio pensaría que se ha confundido de muerta. Pero estoy en un puerto y a plena luz del día. No dice nada más. Oigo cómo sale de la barca.

Entra mi abuelo. Me sobra. Quiero que se vaya. Intento recordar dónde estuve anoche. No me siento el sexo hinchado. No estuve en casa. Salí. No recuerdo con quién. Me inquieto. Mi abuelo estorba mi pensamiento. Afortunadamente, la concisión obligada hace de las palabras de los que se despiden un ejemplo perfecto de precisión literaria pues, en la soledad de cada uno conmigo, se condensa todo lo que hay que decirme. Así, mi abuelo expresa en unas pocas líneas el desprecio agolpado de toda una vida, mientras que, en Navidad, se nos enfriaba la cena esperando a que terminara un discurso de agradecimiento. Como siempre he estado lejos, me llama extranjera. Esperaba que una vez muerta me llamara nieta. Pero ya no duele. Sólo quiero que se marche.

Iván hace tiempo para que me recupere respirando normalmente. Oigo cómo se acerca otra persona. Aprovecho el momento en que alguien la ayuda a pasar del pantalán a la barca y me preparo para contener de nuevo la respiración. Iván controlará el reloj y, a los tres minutos, le dirá que tiene que dejar pasar al siguiente. «El calor, ya sabe usted, no tenemos mucho tiempo.»

El desconocido ha vuelto. Sus palabras me enfrían la piel de la oreja: «Te olvidaste las medias. Tienen una pequeña mancha de sangre, apenas se ve. Te agradezco el regalo». Aun tumbada creo que me voy a caer. Quieta y con los ojos cerrados, siento que el mundo oscuro sin orden ni desorden me da vueltas. Vértigo. Me pregunto por qué Iván, que tan bien me conoce, no interviene en esta situación. Él sabe que no hay ningún hombre en mi vida. Pero el comportamiento de Iván con el extraño parece ser el mismo que con el resto de los conocidos. Para no quebrar mis nervios intento convencerme de que quizá sólo se trate de un bromista. Alguien que, como quien se cuela en una boda, se cuela en un velatorio. Posiblemente ha escuchado cómo me llamo y esto es lo único que sabe, pienso.

Después de casi tres minutos sin respirar el cuerpo empieza a pedirme oxígeno a través de movimientos involuntarios que, generalmente, ocurren a modo de pequeñas contracciones en el estómago y la garganta. Puedo contar hasta setenta antes de correr un riesgo. La presencia del extraño las ha incrementado. Por un momento temo que alguien lo advierta, pero me tranquilizo, porque para ocultar las contracciones Iván ha dado órdenes de que me envolvieran hasta la barbilla con el paño de la vela. Sólo tengo al descubierto la cabeza, y los dos brazos sobre el pecho. Aunque no me he visto, siento el peso de la tela. Sé que es una mortaja lo suficientemente gruesa como para cubrir los pequeños espasmos, acelerados por el extraño.

Oigo la voz de mi prima Miriam. Aunque sabe que no

voy a responder, me pregunta quién es el hombre que acaba de marcharse. Espero que ella me dé alguna pista que me ayude a identificarle. Escucho atentamente. Miriam, como todos, cree que la causa de mi muerte es la que tantos pronosticaron: a fuerza de bajar cada vez más profundo con una sola bocanada de aire, acabaría ahogada. Y recuerda un capítulo de nuestra niñez: «De pequeña saltabas al agua desde el espigón y los demás contábamos el tiempo que permanecías sumergida. Ahora te veo como a Bruno, creo que así se llamaba aquel niño que competía contigo y que un día, al salir, dijo que le dolía la cabeza, y se desplomó. Lo metieron en una bolsa blanca mucho más grande que él». Sí, lo recuerdo, y a mí me prohibieron volver a bucear por un tiempo. Castigada en tierra, sentí la asfixia de la bolsa donde metieron a Bruno. Aunque el pensamiento no tiene sentido, fantaseo con la idea de que el extraño sea aquel niño que simuló su muerte como yo lo hago ahora, un Bruno que ha crecido hasta mi misma edad. Mi prima continúa hablando. Creo que Iván se ha distraído un instante, porque ella me escupe en el pecho y me susurra: «Por fin ahora estás como en una bolsa. Asquerosa. Gusana de mar. Ojalá que tu podredumbre sea tan grande como la de un calamar gigante, y que te piquen las medusas, por fuera y por dentro».

Alguien me limpia la cara, debe de ser Iván. Pero no dice nada. Posiblemente piensa que me han salpicado algunas gotas, porque mi barca, aunque segura, tiene la regala apenas a cincuenta centímetros del agua, y estando atracada en puerto, el coletazo de una lisa puede mojar el interior. Huelo la saliva de mi prima en el pelo.

Temo que el extraño no vuelva, o que Iván no entienda que quiera despedirse tantas veces y le aleje de la barca. Pero regresa. Me dice cosas que no entiendo. Me gusta. A diferencia de mi familia, es el único que me habla como si supiera que estoy viva. Lo sabe, me lo dice: «Sé que vives. Todavía tengo grumos de tu flujo en mi vello». Deseo que sea cierto, que no se haya equivocado, que no sea él el loco. Espero algún detalle que ubique el día en que nos conocimos, como si en ese día estuviera la hebra que desenreda la madeja. Extraña sensación esta de esperar que un desconocido me cuente por qué nos conocemos.

Entra mi abuela. Recurrente agonía de esperar una pista. Pero ni estando yo muerta mi abuela cambia su canción de siempre: «Sabía que la pesca submarina te costaría la vida, como a tu madre». Sólo esa frase, que repite dos veces, y después se queda callada. De los tres minutos, le sobran dos y medio. Pero qué mentirosa eres, abuela. Ojalá el extraño te tapara la boca con un pepino de mar. Mi madre se fue huyendo de tu hijo. En cuanto a mí, todavía no has comprendido que lo de la pesca submarina fue siempre un pretexto para bucear a pulmón. No entendías la necesidad que, desde niña, tenía de estar allí abajo, agarrada a una roca del fondo, quieta, sin abrir los ojos. Y tú me decías: «Pero, hija, ¿ni siquiera lo haces por ver los peces?». No, abuela. No tenía ninguna curiosidad por el entorno submarino, y nunca me importó la pesca. Lo que me gustaba era buscar la presión a profundidades cada vez mayores. Se siente como un abrazo en los pulmones.

Iván le dice a mi abuela que tiene que despedirse y ella, que siempre ha sido muy bien mandada, se va.

Transpiro bajo la vela. Si los muertos no sudan, espero que el sudor no me delate. Una gota me baja por el muslo con el cosquilleo de una hormiga. Me llega cierto olor a plástico que sólo ahora distingo perfectamente de las fibras naturales del paño. Durante los minutos de recuperación no puedo dejar de pensar en el intruso. Ha mencionado una mancha de sangre. Aunque sé que no me toca el periodo, pienso en la posibilidad de que la gota que me resbala por el muslo no sea de sudor.

Mi padre también se ha despedido. Acaba de marcharse. No le he querido escuchar. Prefería pensar en el extraño, que ahora está otra vez a mi lado. Y le hablo para mis adentros, movida por la intimidad que me ha contado. Le digo que a veces el terror de mi padre me despierta por las noches. Por conocer a mi padre estoy a favor del aborto. Quiero que el extraño me oiga. Que no quiero tener hijos. Pero entonces, noto que me toma la mano, me separa un poco un dedo y me pone un anillo. «También te dejaste esto», dice. Noto en el dedo el anillo que busqué esta mañana. El sol me calienta el aro de metal en la piel y tiemblo.

Me pregunto si, debido a la falta de aire, mi mente me está fallando y estoy sufriendo un delirio, una alteración en mi estado de conciencia. Dicen que después de tres minutos sin respirar el cerebro comienza a sufrir daños. Esto no ocurre si se aprende a dirigir todo el oxígeno hacia la cabeza. Las manos, los pies, las extremidades pueden pasarse sin aire mucho más tiempo. Sólo se necesita entrenamiento y concentración. Pero no estoy concentrada, estoy nerviosa, y pienso en la posibilidad de que el riego de mi cerebro no sea suficiente y este hombre sea un espejismo de mis oídos.

Tomo aire de nuevo para recuperarme. Iván me toca la cara, las manos. Supongo que ahora sus gestos son interpretados por los demás, desde el muelle, como otra forma de despedida. Pero algo me oprime la garganta. Es la voz de mi hermana mayor. Sé que sus amenazas ya no tienen sentido. Sé que soy más fuerte que ella porque ya no la escucho. Pero, algunas veces, me viene la imagen de su último castigo. Cuando era niña una vecina del campo me regaló un huevo de lagarto. Me lo entregó metido en un vaso con arena. Estuve durante un tiempo que a mí me pareció inmenso vigilando el huevo, cuidando de su incubación en el vaso. Por las noches, cuando veía las salamanquesas acercarse a la luz del jardín para atrapar mosquitos, me imaginaba a mi lagarto naciendo, rompiendo la cáscara con su cabeza de color ceniza. Un día mi hermana se enfadó conmigo y tiró el vaso contra la pared. El lagarto prematuro no era gris, sino verde, y se movía torpe entre los cristales y la arena esparcida. Por primera vez sentí la responsabilidad de un sufrimiento animal y, en la necesidad de aliviarlo, entré corriendo en la casa y lo arrojé al retrete. Mientras el reptil se iba por el desagüe yo agradecía, fuera, el frío del agua en el corte que quema carne. Quema la carne cuando el extraño me habla de mis labios cortados. Quisiera que me pasara la lengua para suavizarlos. Creo que no sería la primera vez, que si su lengua me rozara la piel reconocería todo lo que me cuenta, concediéndome la memoria del cuerpo.

Pienso en mi madre. Si viniera, ella me diría quién es él. Pero no vendrá. La quiero más que a nada porque eligió vivir. Pienso en su fortaleza. Hasta hoy —me han dicho—

trabaja en un mundo de hombres. Es capitana de un barco que se llama *Argos*.

Lo que no me esperaba es que viniera mi primo. No me habla, pero sé que es él por su olor a barco. Está aquí. Callado. Su presencia me sorprende como un milagro, casi tanto como la del extraño, porque nunca ha salido de su camarote. Tiene miedo. Sólo navega y escribe. Es una rosa de los vientos y una máquina de escribir bien. Mi escritor preferido. El que nadie conoce. Yo le visito a veces y, cuando después de sortear los demonios que impiden el paso, entro en su camarote, pienso que si existe una imaginación fuera de una persona, está ahí, en su habitáculo, cámara de creatividades. Quisiera restregarme por su cama, por su escritorio, por su alfombra, como un caballo en un charco; pero el genio no se contagia. El genio es una garrapata que no agarra en cualquiera.

Con otro toque en la muñeca, Iván me avisa de que va a entrar la siguiente persona. El olor a cerrado se va tras mi primo, y soy devuelta al aire libre y a mis pensamientos en el desconocido.

La entrada por segunda vez de mi padre me hace pensar que será la última persona en despedirse. Me da en la frente un beso que quisiera vomitarle. Seguramente después de él Iván soltará las amarras y me separará, como hemos convenido, de esta tierra familiar. La excitación de la partida, de que todo se aleje como hemos planeado, es grande, pero no tanta como para nublar mi necesidad por conocer al intruso. Cuando mi padre sale de la barca estoy en ascuas, con todos los sentidos, excepto la vista, abiertos, atentos al próximo cambio en mi situación. Mi cuerpo, como un alga,

sigue a merced de movimientos ajenos. Es el mismo sentimiento de alga que tengo cuando el extraño me habla. Me
desplazo gelatinosa por las humedades de lo que cuenta.
Quiero decirle: «Te creo. Si tú dices que tienes mis medias,
es cierto. Si dices que las manché de sangre, también. Y grité y gemí. Y mi sexo está hinchado y tú dolorido por mí.
Y me quieres tanto que vas a recoger los excrementos de todas las focas del universo para vestir a mi familia de estiércol».

Como si hubiera escuchado mis deseos, el extraño ha
vuelto. Estoy nerviosa. La tensión es tanta que arma un es-
queleto. Ahora soy un alga vertebrada. La sangre me riega
con fuerza cada capilar, me endurece la carne, los músculos
que revisten la espina dorsal. El alga que he sido ya no es verde ni blanda. Soy otra cosa. El alga que he sido tiende a coral.
Entonces recuerdo. Fue ayer. La playa. La noche. Un desconocido en una roca. Me gusta su silueta. Me acerco. La única
luz es una pequeña fluorescencia en la boya que él sostiene
con el sedal. Me ofrece una lata que saca de una nevera remo-
viendo el hielo. La abro. Es cerveza. Me desnudo. Se desnuda. La lucecita de la boya se sumerge. Han picado. Sacamos
el pez y lo echamos al cubo. Nos besamos, nos acariciamos,
compartimos la cerveza y todos los líquidos del cuerpo. Nos
agotamos. Me duermo. Al despertar estiro los brazos, las
piernas, los dedos de los pies, me crujo cuanto puedo. Abro la
boca, tomo una gran bocanada de aire para oxigenar mi cerebro. La madrugada. Le dejo dormido. De vuelta a casa veo
que me falta ropa, que he perdido el anillo. Después olvido.
Me ducho antes de llamar a Iván para ultimar los detalles de
esta despedida. Ahora Iván suelta amarras, pero el intruso sigue junto a mí. Estamos saliendo de puerto.

Él

Saber que es él, aunque físicamente irreconocible, me neutraliza los sentidos. Cuando no se trata de él, me aparto del olor desagradable, de la vista de lo deforme, del sonido del sufrimiento. Sin embargo, cuando le cuido, aquí, en la misma cama donde lo colocamos el día en que lo trajeron, su estado no me induce al vómito y, si su piel me lo permitiera, le besaría todo el cuerpo. Pero la poca piel que le queda intacta es, ahora mismo, tan delicada como la de esos insectos plateados que habitan en las humedades, y se deshace tras el más mínimo roce. Limpio sus trocitos de piel en el termómetro, en la cuchara diminuta con que le meto la sopa; en sus pestañas, que recogen partículas que, como escamas, se le desprenden de los párpados.

Pero está vivo. Y, casi más importante, está. Él está. Es lo que me digo cada mañana, antes de abrir los ojos en este sofá para mirarlo, a unos metros de mí. Está. Él. No importa lo que venga ahora, la agonía, la muerte. Lo peor, los meses de búsqueda, la alerta permanente del espíritu esperando una noticia, ha pasado. Por eso, cuando Arturo me advirtió que su estado era irreconocible y me preguntó si estaba preparada para verlo, no temí la visión del horror que sí vieron los vecinos, que tenían que desviar la mirada de tanto en tanto, mientras nos ayudaban a Arturo y a mí a colocarlo en la cama.

Cuando todos se fueron nos quedamos Arturo y yo frente a él. No hablamos nada. Arturo dio unos pasos para salir de la habitación y, en el umbral de la puerta, se volvió para decirme: «Sólo falta la dentadura. La olvidé. Te la traigo esta semana».

Como otros, perdió la dentadura en una explosión, y usaba una prótesis. Ya hace tres semanas que Arturo me dijo que la traería, pero todavía no ha venido. No importa. No le hace falta, porque su estómago no puede soportar el peso de la comida.

Llevo mucho tiempo sin limpiar el polvo. Lo veo en los muebles, flotando en el rayo de luz que se filtra por la ventana. Quiero probarlo. Abro la boca para que me entre, para averiguar a qué sabe, si tiene algún alimento, porque su boca está entreabierta y me gustaría que esta harina de pelo de perro, de barro en los zapatos, de alas de mosca, le aportara algún nutriente. Pero este polvo no sabe a nada, no tiene olor ni gusto. Sólo se ve.

Lo que le queda de vida es tan débil que no me atrevo a moverme cuando estoy a su lado. No quiero que el ruido de mis pisadas interrumpa su respiración, que consiste en un silbido constante, un silbido que si fuera tocado con un instrumento se correspondería con la nota fa bemol. Por eso, desde por la mañana, preparo todo lo necesario para pasar el resto del día en esta silla, frente a él, violín de una sola cuerda. No sé si pese a su estado conserva los ciclos de vigilia y sueño. Por la noche el sonido persiste, aunque ya no es un violín. Es un piano, de una sola tecla.

Fuera de su silbido, sólo hay silencio. Desde que lo trajeron hay silencio incluso en el patio. Ese mismo cuidado que tengo yo para moverme lo mínimo, parece haber contagiado a los vecinos. Todos andamos de puntillas. Creo que se ponen en mi lugar. Ayer los aliados trajeron a la joven del 2B. No la he visto, pero me dicen que está reconocible.

En tres semanas el médico ha venido dos veces. Sé que viene más por mí que por él. Me toca la frente, me mira las pupilas, me trae algo de pan. Teme que las medicinas no hayan pasado la frontera. Me da instrucciones de cómo asearle. Pero no vivirá, asegura.

Pronto se me olvida la angustia de su búsqueda. Su presencia ya no me consuela. Ahora también quiero que viva. El dolor presente es siempre peor que el pasado, porque es el más joven, el que está en edad de crecer. Mi dolor tiene los huesos de adolescente, y se está estirando. Prefiero la incertidumbre de cuando no le encontraba a la evidencia de verlo así. Empiezo a refugiarme en la duda. La duda duele menos que la esperanza. Pero le miro y todo se vuelve certeza. Su peso es una certeza. Su temperatura es una certeza. La fiebre no le baja. El termómetro en él parece un medidor de muerte. Dejo de ponérselo. Quiero no saber tanto como me sea posible.

El momento del aseo le disgusta. Darme cuenta de que algo le incomoda ha sido un gran paso. Quizá él lo haya intentado antes, pero sólo hoy he comprendido que, sin poder hacer ningún gesto, emitir ningún gemido, se comunica con la segregación de un olor particular, muy intenso, que va dispersándose en la habitación como las esporas de un hongo. Cuando sabe que voy a limpiarle, huele. Huele cada vez que no le gusta algo. No me dejo intimidar por ese olor y le retiro los paños.

No sé por cuánto tiempo podré seguir considerándolo un hombre. No parece que se debata entre la vida y la muerte, sino entre la muerte y la cosa. Por eso, si veo que los paños están mojados, que tienen algo de similar a mi orina y a mis heces, digo para mis adentros: «Sigue siendo humano». Celebro sus deposiciones como un acto de vida.

Después de cada comida, le cuido la boca. Me vendo un dedo y lo voy deslizando por toda la mucosa, limpiándole bien la lengua, las encías. Paso por los surcos donde antes tenía los dientes. Le estimulo la saliva. Para que pueda respirar saco el dedo cada dos o tres segundos, y continúo. Palpo las ulceraciones cada vez más pequeñas. Al pasar la venda por una, todo él se ha contraído. ¿No se contraen también las heridas que cicatrizan? Estoy contenta.

Se me van los días indiferente a cualquier necesidad mía. Antes vivía para encontrarle pero, cuando él llegó, yo me disolví. Sé que me he levantado porque no estoy acostada. Sé que me he peinado porque tengo dos horquillas que me recogen el cabello. Sé que he comido porque hay algunos restos en el cubo de la basura. Pero no sé qué más sucede cuando me separo de él. Vivo en él. Soy la bacteria que crece en un moribundo. El buitre que, ignorante de su vuelo, vive pendiente de la carroña.

Han surgido hoy, de la nada. Ayer le miré el cuerpo al milímetro y no las vi. Son unas úlceras oscuras que le salpican el cuerpo. Son como huellas de cieno. Debe de ser el paseo vespertino de la agonía. Huelen a agua estancada, a rana.

Cuando respira continuadamente por la boca, se le forma una membrana que parece que le tapa la garganta. Es como la piel interior de una cáscara de huevo. Tiro de ella y sale toda entera. Se disuelve entre mis uñas.

Lo trajeron desnudo, y para no dañarle no quise cubrirle. La piel le queda grande en los huesos. Sin embargo, da la impresión de que tolera mejor el caldo porque, de las cinco cucharadas de antes, he pasado a darle siete. Siete tomas que interrumpen el silbido de su respiración mientras traga. Además, el pulso ha cambiado. Antes, al tomarle la muñeca, no sentía los latidos, sino una especie de fluir continuo, incontable como un puñado de agua. Era como si el corazón se le estuviera licuando. Ahora se distingue un latido del otro y, aunque son demasiados, se pueden contar.

De ningún modo he creído el diagnóstico del doctor. Intenta aplicar la tradición de su conocimiento a un cuerpo herido de un mal nuevo. Las fosas se están llenando con cuerpos así, pero también se han escuchado casos de recuperaciones, cosas que empiezan a reconocerse como personas, primero, y más tarde se lanzan a distinguirse como hombres o mujeres. Él todavía no ha encontrado su forma, pero ha comenzado a tener apetito, un hambre repentina. Cuando le meto la cuchara no quiere soltarla. La agarra entre sus encías desdentadas. Su mandíbula se mueve. Éste ha sido su primer movimiento. Ahora sí necesito sus dientes. Mañana buscaré a Arturo.

Ayer el silbido comenzó a mitigarse. Cuando lo noté me entró miedo. Desde que he visto su cuerpo enflaquecido, traslúcido, temo todo adelgazamiento, también el del sonido. En un momento de confusión le provoqué. Necesitaba incomodarle para sentir de nuevo su respuesta. Como parece que no le gusta la luz plegué las cortinas. El sol le dio de lleno en la cara y él segregó su olor como un reproche.

Renace la esperanza. La abrazo. Recupero la fe en el termómetro. En efecto, la fiebre remite. Avisaron a Arturo. Vendrá esta tarde. Lo verá él mismo. Aunque aparentemente no haya cambiado, su apetito no puede indicar sino una mejoría. Estoy cocinando la primera comida que masticará después de meses. La preparo pensando en el sonido que hará cuando la muerda. Él. No sólo está, sino que vivirá. Masticará.

La recuperación es inminente. «Tengo frío», ha dicho. Su voz me ha resultado tan desconocida que en un principio dudé que viniera de él. Inmediatamente le he cubierto con una sábana. Parece que la piel resiste su peso, y la agarra con sus dedos desuñados como si agarrara mucho más que un trozo de tela. Está luchando. Tiene hambre y frío. Observo atónita el nacimiento de mi esposo.

Arturo no ha podido venir, pero un vecino me ha traído la dentadura. Está envuelta en un pañuelo. La desenvuelvo. Quiero limpiarla antes de ponérsela. Dejo la comida en el fuego y mojo sus dientes bajo el chorro de agua. Uno de ellos es dorado, él quiso mantenerlo así, simulando la falta del original, que le quitaron de un golpe siendo tan joven.

La cena está lista. Enfrío una cucharada para probarla. No recuerdo la última vez que cociné con dedicación. Me tiemblan las manos al servirla. Elijo una pequeña porción con bastante caldo, porque todavía no sé si podrá masticar.

Escucho el sonido del alimento sólido al romper el líquido en el cuenco. El sonido de lo sólido es musical. Quiero entrar en el mundo de los sólidos, lejos de la nota de un violín, del viento invisible de su silbido. Toco la silla. Me siento. Dejo el cuenco junto a él. La comida todavía está demasiado caliente. Humea. Saco del bolsillo del vestido su dentadura para ponérsela.

Me cuesta mucho abrirle la boca. No sé si tiene la suficiente fuerza como para resistirse o si la mandíbula está contraída por alguna otra causa. Le hablo con una serenidad que oculta mi excitación. Pienso que colocándole esa pieza mostrará de nuevo su rostro, viril, impecable, como si fuera el trozo del puzle que da sentido a la imagen. Pero no encaja. El trozo de puzle parece una de las dos mil piezas de un cielo de azul homogéneo. A pesar de que los huesos maxilares permanecen ajenos a tales deterioros del cuerpo, la pieza no logra ajustarse. Surge una explicación en mi cerebro, pero es demasiado atroz, la elimino. Intento tranquilizarme, no ceder a los nervios. Miro de nuevo la pieza. Claramente es la misma. Y en un instante, retorna la misma explicación a mi cabeza, nítida, sin duda alguna, el horror: no es él. El hombre que he estado cuidando durante siete semanas no es el mío. Destapo al que está en la cama. Grito. Cojo el cuenco caliente y se lo vierto en el pecho. La cena le quema las llagas. Corro a buscar al verdadero. De nuevo la búsqueda. Me entran náuseas. Odio. Bajo las escaleras apresurada. Me caigo. Me levanto. Me duele el tobillo. Veo la calle larga. Cojeo tan rápido como puedo.

La tempestad

A Javier Valdivieso, héroe

I have heard,
That guilty creatures sitting at a play
Have, by the very cunning of the scene,
Been struck so to the soul that presently
They have proclaimed their malefactions;
For murder, though it have no tongue, will speak,
With most miraculous organ.

[He oído decir que
en plena función de teatro almas culpables
recibieron, víctimas de la ilusión de la escena,
tal impacto que allí mismo proclamaron sus delitos;
pues aunque no tenga lengua, el crimen
habla por medio del más milagroso órgano.]

SHAKESPEARE,
Hamlet

Helena se levantó de la mesa a petición de todos los invitados. Deseaban que dijera unas palabras en honor a aquella velada. El momento se presentaba entrañable, en la satisfacción de un banquete delicioso y una embriaguez moderada que, como una lima, había empezado ya a suavizar las asperezas que pudieran existir entre algunos de los quince comensales. Al principio Helena se vio un poco importunada, pero como no le gustaba hacerse de rogar se puso en pie para atender la petición.

Mientras alguien solicitaba silencio tintineando una copa con un cuchillo de plata, ella, Helena Modjeska, la gran actriz polaca, comenzó a hablar al tiempo que me cautivaba, de modo que, por unos segundos, me pasó inadvertido un hecho insólito: estaba hablando en su lengua natal, a pesar de que entre los invitados no había ningún polaco. Todos nos miramos con extrañeza. Durante unos instantes pensamos que simplemente estaba aturdida, y con alguna seña de confusión quisimos prevenirla de que no podíamos entender nada de lo que decía. Pero ella ignoró la advertencia, y continuó hablando en su idioma.

Yo acababa de llegar a América. Era junio de 1889, y aquella reunión podía considerarse mi primer contacto con los habitantes californianos. Me había invitado el capitán Haley, que fue a recogerme al puerto en que mi buque atracó. El capitán, gran amigo de mi padre, estaba ya viejo, cascado por la edad y por los reveses propios de un lobo de mar, así que consideré un gesto de gran generosidad que viniera a buscarme y me acompañase a la modesta casa que había arrendado para los comienzos de mi nueva vida americana. Tuve el tiempo justo de dejar mi equipaje en la entrada y de lavarme la cara para despejar el terrible mareo que había gobernado mi travesía. Después, de camino a la celebración, el capitán me fue describiendo con detalle la historia de nuestros anfitriones, el conde Chlaplowski y su mujer, la célebre Helena Modjeska. Me insistió en aquello que concernía al extraordinario talento y popularidad de la Modjeska como actriz; creo incluso que trató de impresionarme, orgulloso de mostrar que en su círculo de amistades había algo más que militares, comerciantes y colonos de barrigas acomodadas. ¡Cultura, había cultura!... Pienso que, en definitiva, era eso lo que quería decirme.

Durante la última noche de mi viaje, un fuerte temporal había sacudido el barco. El terror me había arrancado las únicas plegarias que hasta entonces recé, y todavía llevaba el miedo tan pegado al cuerpo como el salitre; por eso, al llegar a la casa de los Chlaplowski, me apresuré a salir del coche para respirar, al fin, aire puro.

Entre nosotros y la casa, más bien sencilla, había un enorme jardín con frutales exóticos y plantas desconocidas. Las únicas referencias al viejo continente eran unas rosas, que sin duda demandaban muchos cuidados en aquel espacio de naturaleza indómita. Mientras estiraba las piernas y me complacía en los frutos de la tierra firme, una muchacha salió a recibirnos y anunció nuestra llegada al salón, grande, dorado, suntuoso, en contraste con la fachada. Fue la primera vez que vi a Helena. Me sorprendió por su indumentaria: pantalones y chaqueta masculina. La moda varonil para las mujeres era relativamente nueva, y destacaba entre los modelos que lucían el resto de las invitadas, de faldas y mangas hinchadas en colores pasteles. Ella se acercó, del brazo de su esposo, y me dio la bienvenida con una copa de vino. Ambos me preguntaron por el viaje, expresándome su preocupación cuando les mencioné la tempestad. Pocos minutos después alguien nos comunicó que la cena esperaba en el jardín trasero de la casa.

Aquel jardín era mucho más pequeño que el de la entrada, y la larga mesa que habían dispuesto para la cena ocupaba gran parte del espacio, procurando un aire íntimo, en una atmósfera saturada por el olor de esas flores que se abren a la caída de la tarde. El día iba apartando el calor desde el fondo de la tierra, y se sentía en los pies la humedad caliente en retirada, mientras que a los rostros, al pecho, ya iba llegando la brisa de la noche. En la mesa no faltaba detalle, y hasta los candelabros estaban dispuestos de manera que no interfirieran en la visión de los invitados al hablarse. Helena se había situado a la cabecera, y el resto nos sentamos a nuestro antojo. Cinco personas me separaban de ella, una distancia que agradecí cuando comenzó a recitar; la separación necesaria para verla toda entera y escucharla claramente.

Tras el tintineo de la copa de vino, se hizo silencio. Hacía pocos minutos que habían prendido las velas, cuya luz iba ganando terreno a la última claridad del día, y cuando Helena se levantó uno de los invitados cogió un candelabro de tres brazos y lo colocó cerca de ella, al borde de la mesa. Las velas cortas y anchas iluminaban desde abajo su silueta, y así vista parecía tan alta y etérea como una asunción al cielo, detenida en pleno ascenso.

Cuando Modjeska, sorprendiendo a todos, comenzó a hablar en su idioma, su sola voz creó en el jardín una escena perfecta, un teatro completo, y a pesar de que estaba a escasos centímetros de la mesa, con sólo la cadencia de la primera frase, extranjera y misteriosa, nos sentó en unas gradas desde donde se hacía intocable. Pasados un par de minutos comprendimos que Helena no nos hablaba a nosotros, sino que estaba actuando. Nació entonces entre los hombres de la reunión la voluntad de acertar el personaje que interpretaba. Y comenzó la competición más singular porque, estimulados por el pensamiento de que la solución recompensaría al acertante con las atenciones de la Modjeska —que bajaría de su Olimpo en forma humana para besar los labios del vencedor—, nos invadió la necesidad de esclarecer el acertijo. A medida que los movimientos de la actriz, su armonía, nos entraban por los sentidos, un instinto de rivalidad nos fue acuciando y, uno a uno, nos incorporamos a una carrera de atletas que competían en el rescate de todo conocimiento teatral.

La olimpiada empezó por lo más sencillo, y pensamos que, seguramente, la actriz estaba interpretando el papel de uno de los personajes que la habían subido a tantos escenarios, pero... ¿cuál? La bella Helena comenzó a desfilar por las bambalinas de nuestra fantasía, y a cada papel que le asignábamos, ella se desnudaba para vestirse con otras prendas, ropajes de tiempos lejanos, trocándose por las mujeres más diversas; cambiando de marido, de hijos, de cabello, de piel; saliendo como una mariposa de su capullo una y otra vez, para alzarnos, a cada nueva escena, en un vuelo diferente.

Como la reputación de la Modjeska se debía, sobre todo, a su talento para interpretar obras de Shakespeare, lo que le había valido ser considerada como la mejor intérprete femenina del autor, las apuestas surgieron en forma de tímidas voces que se arriesgaban a susurrar: «Lady Ana»... «Ofelia»... «Julieta»... Yo, si tenía que pensar en Shakespeare, me inclinaba más por ver a la actriz como Desdémona, hija de Brabancio, vestida de terciopelo oscuro con bordados venecianos, inocente y coqueta, en un dormitorio de su castillo. Desde luego no podía ser Julieta, de eso estaba casi seguro; aquella mujer no tenía la acentuación ni la *manera* de un apóstol del amor, sino de una víctima, y entonces me aventuré a decir: «Desdémona», creyendo intuir, en la modulación de su voz, la inocencia con que quiso evitar su estrangulamiento: «¡Matadme mañana! ¡Dejadme vivir esta noche!», le suplicaba a su marido... «Media hora tan sólo. ¡Sólo el tiempo de recitar una oración!», le pedía... Y al fin, «¡Muero inocente!»... entre el beso de su asesino y su muerte, Desdémona, la que fue celestialmente leal... «¡Oh, Desdémona, muerta, fría como tu misma castidad! Dirige tan sólo un junco contra mi pecho y se retirará.»

Mientras la Modjeska seguía interpretando un papel que nadie lograba adivinar, yo sentí que la sangre se me agolpaba en un impulso huracanado, tan violento como la tormenta que había azotado el casco del barco durante mi travesía. Y reviví aquel horror. Escuché de nuevo las voces de alarma de la tripulación, el ruido insoportablemente hueco de mis enseres golpeando las paredes del camarote, el fragor de los truenos, los golpes del oleaje que barría la cubierta. Y entonces, mientras Helena hablaba, el resplandor repentino de los relámpagos que había iluminado la cólera de los océanos alumbró también su silueta, que aparecía y desaparecía como mi buque en medio de la tempestad.

No acababa de reponerme de la escena cuando un hombre acercó su cabeza a la mía. Mientras su mujer le clavaba las uñas en el brazo, él susurró a mi oído: «Ofelia». Ofelia... Enamorada de un danés vengativo y ambicioso, que confesaba tener más pecados sobre su cabeza que fantasía para darles forma. «Vete a un convento», le había dicho él. «¿Para qué te has de exponer a ser madre de hijos pecadores? Yo soy medianamente bueno, pero al considerar algunas cosas de que puedo acusarme, sería mejor que mi madre no me hubiese parido.» Miré a Helena... Ofelia... Sí, quizá, pero Ofelia ya perdida, abocetando su propia locura, rumiando, para su desesperación, las palabras de su príncipe querido: «Si te casas quiero darte esta maldición como dote: aunque seas tan pura como la nieve, no podrás librarte de la calumnia». Pero las aguas piadosas del arroyo la liberaron, ahogando su vida para sofocar la mentira, e hicieron bien, porque todos los que la escuchábamos habríamos continuado transmitiendo la infamia de generación en generación. Hamlet tenía razón, te habríamos injuriado por bella, por honesta, por verdadera.

De repente, algo en la Modjeska cambia. Se escucha el grito de uno de los comensales: «¡Lady Ana!», y de otros: «¡Isabella!», «¡Tisbé!»... Caen algunas copas. Un hilo de vino tinto, como un arañazo, se va abriendo paso en la mesa, acompañado de un silencio expectante, que la actriz quiebra para levantar en torno a nosotros un escenario diferente. Por un momento, una mueca de desencanto le frunce el rostro, y yo pienso que ese gesto es moderno, pero ¿quién? ¿quién es? Alguien exclama: «¡Nora!». Y yo saco de mis recuerdos a la única Nora que conozco, interpretada por la espléndida Betty Henning en el Teatro Real de Copenhague, diez años atrás. Exactamente, «¡Nora!», grito yo también, «¡Nora!». Nora encerrada en una casa de muñecas. Muñeca ella, grande, en su matrimonio; muñeca también, pero pequeña, en casa de su padre, y muñecos sus hijos; un juego de muñecas matrioskas que transformaron su carne en leño seco. Sí, ése es el gesto, rasgos de madera ajada por un hogar en desecación. «¡Oh, Nora!», pienso con los nervios agitados, «yo te humedecería con todo el agua de mi cuerpo, más caudalosa que el ímpetu de las corrientes marinas.» Y entonces, la Modjeska, como si hubiera escuchado mi voz interior, rompe en llanto y se deja caer de rodillas; se agarra a la mesa con las yemas de los dedos, la mirada implorante, la melena negra palideciendo la cera blanca, y nos mira, suplicando como María Estuardo: «Todo mi ser, mi vida, mi suerte, dependen de mis palabras y del poder de mi llanto. ¡Ah! No seáis por Dios inaccesible y duro como la escarpada roca a la que en vano el náufrago se esfuerza en asirse. ¡Abrid mi corazón para que yo pueda conmover el vuestro!». Todavía suplicando, siento que Helena dirige su mirada hacia la mía, y me viene la extraña sospecha de que lee mis pensamientos. Sufro de nuevo la ira de un ciclón. Intento permanecer sentado, pero mi cuerpo me levanta para responderle en un golpe de voz: «Tú, divina criatura, capaz de leer las ideas de quien te adora: mírame así, no dejes de mirarme, que la luz de tu faro no se apague hasta que mis pies pisen la costa, que tu buena estrella guíe este barco herido hasta el puerto de los vivos».

El sonido de mis palabras me devuelve la consciencia, y me siento de nuevo. He sido observado y odiado por todos. Y también olvidado. Recomienza la fascinación que produce la voz de la Modjeska, y un coro de voces oscuras continúa pronunciando nombres. Yo me veo retirado, lejos del resto. Contemplo desde fuera el deseo creciente de los hombres y la mirada severa de las mujeres. Hay voces que empiezan a imponerse cada vez con más fuerza, que se tragan las de los más apocados, y las apuestas pasan a ser disparatadas, mencionando personajes totalmente ajenos a la carrera dramática de la Modjeska. Pero advierto, en esos momentos, una nueva sensación. Es la emoción del privilegio, la certeza, por primera vez absoluta, de ser el único invitado que sabe lo que Helena está diciendo. Ella aprueba mi serenidad recobrada, con un tono indulgente, magnánimo, que me aconseja: «Así. No acuchilles el aire. Moderación en todo; puesto que hasta en el torrente, en la tempestad y en el huracán de las pasiones, se debe conservar aquella templanza que hace suave y elegante la expresión». Agacho levemente la cabeza, para recibir sus palabras, pero al levantarla de nuevo, la mirada de Helena ya no es la misma. Sigue dirigida hacia donde yo estoy sentado, pero me atraviesa, me traspasa como si yo fuera un espectro o el horizonte lejano, y escucho su eco, lastimero como la campanada postrera de la muerte:

Muerto es ya, señora,
muerto y no está aquí.
Una tosca piedra
a sus plantas vi
y al césped del prado
su frente cubrir.

«¡No! ¡No! ¡Nunca he muerto!», le respondo, levantándome de un salto. En mi estómago siento el peso de los quince estómagos presentes, y la digestión interrumpida por el océano helado. Sí, he caído a la mar. Soy un hombre al agua. Las olas que me levantan y asoman a la costa, me la arrebatan en su descenso. El gran azul brama, garganta angosta (¿o es el barco que cruje, indefenso?). Se abren anchas para mí las puertas del miedo, alcanzo una roca; el relámpago blanquea lo negro. «¿Estoy salvado?» No. «¿Estoy solo?» Tampoco. Entonces la veo, compartiendo la mitad de mi piedra marina, altiva (¿o es un mascarón de proa?), hablando en esa lengua que aún no comprendo, con esa boca que me promete la salvación en su desciframiento. «Dime, Helena, qué me estás diciendo. Líbrame con tu palabra de estas olas sin alma, sácame de estos naufragios, hazme jinete, cabalgador raudo escapando de la tempestad, y reposado caballo pastando en tu vientre. Pero ¿quién eres, Helena?» Me arrimo a ella, alcanzo su cuello. En la mesa nadie se mueve, todos están quietos. Le aprieto la garganta, se le suelta el cabello. Todos se estremecen, nadie me detiene. Su rostro se está azulando, ahora es más hermoso. Y vuelvo a preguntarle: «¿Quién eres?». Ella me mira, y se va para ahogarse, para ahogarse se va, para ahogarse... Las ropas se le ahuecan, y se extienden en un amplio vestido que la conduce a salvo sobre las aguas, bocarriba, coronada de margaritas, ortigas y largas flores purpúreas, que los sencillos labradores conocen bajo una denominación grosera, y las modestas doncellas llaman dedos de muerta. Como nacida y criada en el elemento líquido, flota en él durante un día entero, mientras, ignorante de su desgracia, va cantando fragmentos de tonadas antiguas, repitiendo las estrofas más bellas para resolvernos, generosa, el enigma: «No interpretaba ningún papel... Era tan sólo el abecedario», dice un hilito de voz tristísima... «Recitaba todo el tiempo, una y otra vez, el abecedario de mi país, el alfabeto de Polonia...», aclara, y termina. «¡Oh, singular actriz! Tu talento te costará la vida...» Descansando en sus velos, sigue flotando; ensimismada, repite sus letras mirando a las nubes. Pero no era posible que así durase otro día más. Las vestiduras, pesadas ya con el agua que absorben, arrebatan a la infeliz, interrumpiendo su canto dulcísimo la muerte... «La he matado», temo. La bella Helena yace sobre la mesa del jardín. Las aguas se han abierto a mi paso. Estoy vivo y seco. Una vela deja caer una pequeña gota, que se enfría sobre su párpado. La tempestad ha amainado, y escucho un aplauso definitivo y profundo como un último adiós.

Aniversario

*A Frances Haslam, que pidió perdón a sus hijos
por morir tan despacio
A Mariló, Paola y Alberto, mis hermanos*

Hola, papá. No creía que fueras a recibirme. Seguramente lo has hecho porque también tú te has acordado de que hoy es un día especial para los dos. Te imaginaba peor. Más avejentado e impedido. Me dijeron que después del derrame perdiste algo de movilidad, pero supongo que estos últimos meses de rehabilitación te han ayudado.

¿Dónde puedo dejar la maleta? No te preocupes, me quedo en casa de una amiga. Además, no tengo vocación de enfermera. Vaya, me olvidaba de que todavía no has podido recuperar la palabra. No te esfuerces, tú tranquilo. Después de quince años sin hablarme, aun estando en tus plenas facultades, nadie como yo para soportar tu silencio. Ni siquiera tú mismo. Pero no te inquietes. Con el tiempo, te acostumbrarás.

Yo te digo hola. El saludo mínimo que le dirijo a cualquiera. Pero, tras una comunicación interrumpida durante tantos años, es como si este «hola» adquiriera otro significado, ¿no crees? El valor de un primer paso. Un «hola» que, a mi pesar, puede delatar un «te quiero».

Te preguntarás por qué no he venido antes, cuando se te rompió la venita del cerebro. Pues porque la noticia me llegó con semanas de retraso y, cuando me enteré, me costó algún tiempo más superar el pánico de que esa sangre descarriada me afectara de alguna manera. No podía soportar la visión de mi propia sangre fuera de tu arteria. En sueños te aparecías como una verruga que reventaba y, al salpicar su líquido mi piel, me regaba todo el cuerpo de pequeñas verrugas como tú. Quisiera haber soñado que alguien te cortaba los testículos, los echaba al mar y, de la espuma, nacía yo como diosa de un padre terrible. En ese caso hubiera venido antes, pero la idea de una estirpe de verrugas me resultaba insoportable.

Te quiero, sí, y aunque nunca me diste ni una muestra de afecto, aprendí cuando era niña de otros mayores que la gente decía estas dos palabras: «Te quiero». Y yo las repetía, las repetía para aprenderlas, hasta que un día las empecé a sentir, y entonces dejé de repetirlas, y comencé a silenciarlas, a conservarlas sólo para determinadas personas y momentos. Hoy te las digo —te quiero— porque, como creo que sabes, no es una ocasión cualquiera. Hoy es 18 de julio. El día de nuestro aniversario.

Un día como hoy de hace quince años rompimos nuestra relación. Pienso que quince años de ruptura son muchos, hay que celebrarlo. ¿Tú lo has celebrado? ¿Seguro que no puedes hablar, o no quieres? Ah, ya veo. Es demasiado esfuerzo. No, no, no lo intentes. Déjalo. Pero, si me permites, voy a sentarme en esta silla y voy a contarte cómo lo he celebrado yo, desde primera hora de la mañana.

Primero, me desperté sin miedo.

(El padre, renqueante, se acerca al piano y, sin sentarse, toca una tecla, la misma, repetidamente. Es un fa bemol.)

Claro, papá. Sí, toca el piano. Cuando de niña te veía tocar, solía preguntarme cómo, a pesar de verte deslizar las manos ligeras en las octavas, el sonido, al oído, acababa sonando como una sola nota. Bajo tus manos convertías las voces múltiples de una sonata en una monofonía, en la voz única y autoritaria de una tecla grave. Pobre piano, reprimido en su crecimiento como un bonsái durante quince años. Lo he echado de menos. Qué bonito sigue. ¿Puedo acariciarlo? Me resulta tan familiar que, al pasar mi mano por él, me parece que en lugar de madera y laca tenga piel y pelito.

El piano fue la única de mis pertenencias que no arrojaste a la calle aquel 18 de julio. ¿Sabes? Una amiga que me quería consolar me dijo que seguramente te habías querido quedar con él porque era lo más mío, el objeto que yo más había tocado en toda la casa hasta los trece años, cuando me echaste. Pero las palabras de mi amiga no me consolaron, porque yo era inconsolable, y porque sabía que, como todo necio, confundes valor y precio, y este piano cuesta dinero. Mucho más dinero que todas mis pertenencias de niña juntas: mis libros, mis juegos, mis fotos, mis peluches, todo lo que tiraste a la calle como basura sin bolsa.

Papá, no te preocupes. No necesito que hables. No estás en condiciones de esforzarte, y me angustia ver cuánto te está costando articular esa palabra que no logro entender. Relájate. La intención es lo que importa.

Pero te estaba contando cómo he celebrado nuestro aniversario. Voy a sentarme de nuevo, porque el viaje ha sido largo. Pues, te decía, he comenzado por despertarme sin miedo, y no sólo eso, sino que me he tocado los pechos como si me los tocara un hombre que sí me quiere y que me dice: «Felicidades, mi mar, quince años sin miedo». Y después, todavía entre las sábanas, he susurrado: *Gracias quiero dar al divino laberinto de los efectos y las causas por la diversidad de criaturas que forman este singular universo.* No me mires así. Te conozco, y sé lo que estás pensando. Que tú no das gracias por nada, y menos por la diversidad de criaturas que pueblan nuestro universo. En realidad, te conozco tanto que puedo incluso precisar más: tú amas a todos los animalitos, pero detestas a los hombres. Todavía recuerdo el comienzo del cuento que me contabas de niña para dormirme, cuyo primer párrafo me obligaste a memorizar como una oración: «Cuando Gregorio Samsa se despertó una mañana después de un sueño intranquilo, se encontró sobre su cama convertido en un monstruoso insecto. Estaba tumbado sobre su espalda en forma de caparazón y, al levantar un poco la cabeza, veía un vientre abombado, pardusco, dividido por partes duras en forma de arco. Sus muchas patas, ridículamente pequeñas en comparación con el resto de su tamaño, le vibraban desamparadas ante los ojos». Hoy creo que me contabas aquella historia más como un encantamiento que como un cuento. Yo me dormía pensando que, tal vez, si despertaba convertida en cucaracha, comenzarías a mirarme como a una niña. Pero la metamorfosis nunca sucedió y, una vez que me separé de ti, se me desvaneció el deseo de ser insecto. Mi cuerpo de adolescente se desarrolló rompiendo el anhelo de un caparazón que sólo tú reclamabas.

(Una gran tortuga de tierra está cruzando el salón. El suelo de madera gime bajo el arañazo lento de sus uñas.)

¿Recuerdas la tortuga que me regalaste cuando cumplí siete años? Era casi tan grande como yo, o yo la recuerdo así. Le encantaba el jamón cocido. Me gustaba dárselo en el piquito, que abría redondo como una boca. Como andaba suelta por el piso orinaba en cualquier sitio. Los charcos me parecían tan grandes como los que deja la orina de una persona. Un día, mientras yo jugaba en la terraza con las muñecas, vi cómo la tortuga se colaba bajo la baranda y caía. Escuché el golpe en la calle. Lo único que me regalaste en tu vida se cayó por la terraza. Bajé corriendo y la recogí del suelo. Pesaba mucho. Yo creía que era irrompible, hasta que su caparazón resquebrajado terminó de abrirse en mis manos. Pero el reptil vivía, me miraba, y temblaba. Tú me la arrebataste y, para que no sufriera —dijiste—, la metiste en el congelador. Ése fue el único gesto en que te conocí algo de piedad.

Pero estamos de celebración. Olvidemos a la tortuga congelada. Te voy a contar un chiste. Lo escuché el otro día en la calle y no me hizo gracia porque para mí no era un chiste sino, exactamente, lo mismo que tú me respondías cuando yo te pedía, de niña, ilusionada, que me llevaras al circo. El chiste es así: el niño dice: «Papá, papá, por favor, llévame al circo», a lo que el padre responde: «De eso nada. Quien quiera verte, que venga a casa».

Años después, te casarías con una mona. Así la llamabas tú: la mona; aquella mujer tan baja se pasaba el día rascándose la cara y los brazos. Se rascaba todo el día. A veces, se rascaba tanto que se hacía unas pequeñas úlceras que hurgaba sin pudor frente a desconocidos. Esas llagas eran lo más profundo de su ser. Decía padecer de una alergia no identificada, que se manifestaba en una especie de eccemas blancos y rojos. Quizá fuera la comezón interior de no poder tener hijos lo que se rascaba sin cesar, la costra seca de la esterilidad. Y es que la mona quería monitos. Pero nunca llegaron y, cuando me echasteis, papá, el circo se vio reducido a vuestro matrimonio: la mona estéril y el domador de pulgas.

¿Cómo? Papá, no entiendo esa insistencia tuya por pronunciar esa palabra que no puedo comprender. ¿Tan importante es? No es que me duela tu esfuerzo, ese balbuceo interrumpido y atascado en tu garganta, pero creo que es innecesario insistir en esa palabra, con la que seguramente quieres herirme. ¿Sabes? Hacía mucho tiempo que no recordaba nada de ti. Había un vacío total y aun cuando intentaba recordar, no podía. Pero desde que decidí celebrar nuestro aniversario y venir a verte, han comenzado a surgir de manera espontánea algunos recuerdos. Por ejemplo, aquel día que me sentaste en tus rodillas y me dijiste: «Cuando te vi por primera vez en la cuna del hospital me dije: si no llora o hace algún ruido dentro de diez segundos, pensaré que es un tumor». Pues ya ves, papá, no lograste convencerme de que soy fea y, lejos de ir con careta, me gusta enseñar mi cara, y hay días, como hoy, en que me pongo minifalda, porque también estoy orgullosa de mis piernas.

(El padre se sienta en la banqueta del piano. Saca una pequeña pastilla de un pastillero y se la coloca bajo la lengua.)

Pero, papá... ¿todavía sufres de ansiedad? Si a tu conciencia le sirve de alivio, te diría que después del derrame deberías darte por castigado. Seguro que ni siquiera todos aquellos a quienes has herido se complacerían al verte así. En lo que a mí respecta, estás perdonado. Te perdoné el día en que me echaste, porque no hay mejor padre que un mal padre alejando de sí a su hija. Por eso celebro aquel día. Por cierto, mira, te he traído un regalo, puedes abrirlo cuando me vaya. Es una de esas estatuillas doradas con un letrero que dice: «Oscar al mejor padre». Vaya, te estropeé la sorpresa. Pero déjame que te siga contando. Después de levantarme me preparé el desayuno. Como estamos de aniversario escogí la copa más bonita que tengo, de cristal labrado. La llené de leche. La puse a la altura de mis ojos y me fijé en un rayo de sol que atravesaba el cristal. La copa se veía preciosa, como una lamparita de luz natural junto a mi frente. Entonces la arrojé con fuerza contra la pared. Cerré los ojos y escuché el silencio. Tus gritos no estaban. Sólo los cristalitos crujiendo un poco, su modo de decirme, quizá, que ya estaban hartos de permanecer todos unidos en un envase al que no le gusta ninguno de los líquidos que vierten en él. Gracias, me decían los cristalitos rotos y brillantes, *Gracias por el firme diamante y el agua suelta.*

(Un perro enorme negro y con bozal entra en el salón y se sienta a los pies de la hija.)

A veces, papá, tengo pesadillas. Sueño que la mona se te muere (¿dónde está?) y tengo que cuidarte en mi casa. Temo que tu espíritu no enflaquezca con la vejez. Mientras duran los efectos del sueño, me prometo no tener hijos, pero entonces me asusta que comience a picarme el cuerpo, que la piel se me llene de eccemas rojos y blancos, y así retomo, de nuevo, la ilusión por ser madre. No. Todavía no tienes nietos. Piensa que soy más joven de lo que parezco, porque no nací hasta que nos separamos. Tú me echaste de casa y entonces nací, a mis trece años. El doctor me colocó bocabajo y me dio un azote para que soltara mi primer llanto. Fue un llanto de alegría. Mis amigos estaban ahí. Me acunaron, me cantaron, me criaron. Hoy todavía están. Son carne de mi carne.

El día de nuestro aniversario coincide, pues, con el de mi cumpleaños. Por eso hoy, 18 de julio, amerita, con más motivo, una celebración. Se me acaba de ocurrir que, quizá, la palabra que estás tratando de decir no sea mala. Quizá la palabra sea: «Felicidades». Esto sería un regalo. Tu segundo regalo para mí, después de la tortuga. Tengo una idea. Si es ésa la palabra que quieres decir, mueve la cabeza en señal de asentimiento. De esta manera no tendrás que esforzarte más. Ya veo. No es esa palabra.

Esta mañana, tras tirar la copa de leche me vestí y fui a desayunar al barrio donde me trasladé aquel verano de hace quince años. Desde la cafetería vi la casa donde estuve viviendo. Durante algún tiempo tuve una puerta de entrada que no se abría o se cerraba. Para entrar era suficiente levantarla un poco y apartarla. Decían que el barrio no era bueno. Mientras lo creí dormí con un cuchillo debajo de la almohada y una botella de cristal sobre el picaporte de la puerta de mi habitación. Después dejé de creerlo. Aprendí a confiar. A oler. Un vecino me puso una puerta de las que se abren y cierran, con unas bisagras doradas. Para entonces yo ya tenía menos miedo y, la mitad de las noches, confiaba. Pero, esta mañana, he sentido la necesidad de incluir en mi celebración otro agradecimiento. Me entraron unas ganas enormes de darle las gracias a aquel vecino. Por eso, antes de venir aquí, pasé por el barrio. Sigue viviendo en el mismo apartamento. Me presenté, y con un abrazo le agradecí la puerta que me protegió del frío cuando llegó el invierno.

Después quise hacer el recorrido que me llevaba desde el barrio a mi antigua escuela. Era una buena escuela, papá, porque por el camino aprendía mucho. Estuve caminando media hora, saludando a las mismas prostitutas a quienes saludaba hace quince años. Habían envejecido sentadas en las mismas sillas de madera. Por primera vez he reparado, al mirarlas, en que el vello púbico también se cae, por eso lo tenían pintado. Todavía en la euforia de nuestro aniversario les he dicho que en mi ciudad está de moda la depilación integral, que no pierdan el tiempo pintándose el vello porque muchos hombres ahora prefieren los sexos calvos. También les he dicho que la vacuna del sida se está retrasando. Que se cuiden mucho.

(El perro se frota el bozal, que parece incomodarle, contra la pierna de la hija.)

Si no te importa, voy a quitarle el bozal al perro. Pero vamos, papá, alegra esa cara. Quisiera que tú también celebraras conmigo. Al fin y al cabo, a eso vine, supongo. Mira, te he traído una caja de cerillas. ¿Querrías, al menos, tirarlas al aire y contarlas antes de que toquen el suelo? Cosas así, te confieso, sí he echado de menos. También extraño las palabras que inventabas. Papá, invéntate una palabra ahora. No tienes que decirla. Puedes escribirla. Toma, aquí también tienes papel y boli. Durante muchos años pensé que tus palabras existían, y por eso, de niña, antes de saber lo que es abrir la lápida de un diccionario, las utilizaba para comunicarme con mis amigos. Ninguno se preguntaba qué significaban, tan pegadas estaban al objeto. Aquellas palabras eran la piel de lo designado. Todo este tiempo he intentado recordarlas, pero no puedo. Esa amnesia, papá, duele. Duele el lagarto sin la piel de su palabra. Pero si no quieres escribir, quizá, papá, podríamos escuchar juntos ese romance antiguo del enamorado y la muerte. ¿Conservas la canción? Mira, también te traigo aquí un papel con la letra, un poco arrugado porque lo he llevado en la cartera durante mucho tiempo. ¡Escuchémoslo de nuevo!, pero esta vez resérvate tus amenazas al final de cada estrofa, aunque sea en pensamiento. Te lo ruego. Hoy es un día de celebración. Hoy es nuestro aniversario y tenemos que estar contentos. Anda, toma esta copa de vino y brinda conmigo *por Frances Haslam, que pidió perdón a sus hijos por morir tan despacio.*

(El perro se ha puesto en pie. El padre balbucea más y mejor. La hija ve cómo sus labios comienzan a encontrar una posición oral. Ahora sí tiene curiosidad y, tal vez, esperanza. En esta ocasión sabe que el padre va a lograr la palabra y permanece atenta. Cerca de él se fija en cómo su vientre sufre pequeñas contracciones, cómo toda la energía se está gestando ahí, a costa de tanto sudor, a costa de respirar menos, de salvar todo el aire para la palabra. Pero, en el mismo instante en que la suelta, el perro alza la cabeza y ladra.)

No sé qué has dicho, papá. Te he visto mover los labios pero sólo he escuchado un ladrido. Por un momento me has parecido un actor extranjero doblado por un perro, como una de esas películas infantiles donde los cerditos y otros animalitos de granja hablan con voz humana, pero al revés. Me habría gustado escucharte, pero ya es demasiado tarde. Ahora descansa, papá, ha sido un esfuerzo excesivo. Mejor guarda tu palabra para la siesta frente a la televisión de la familia cerda. Llama a la mona. ¿Dónde está la mona? Yo ya me voy. Aunque antes, mira, voy a tirar al aire esta caja de cerillas abierta. Sé que, por muchas que fueran, sabrías decirme su número exacto mientras los palitos están todavía en el aire. Pero hoy no son muchos fósforos, y te voy a decir yo el número: son sólo quince. Quince cerillas como velas encendidas que festejan nuestro aniversario. ¿Todavía puedes soplar? Anda, papá, sopla después de pedir un deseo. ¿Todavía puedes desear? ¿No? Pues sopla, papá, tú sólo sopla.*

---

* La cita liminar de este relato y las palabras del texto que aparecen en cursiva pertenecen a «Otro poema de los dones», de Jorge Luis Borges. (N. del E.)

Homo coitus ocularis

A Nadia Mansouri y a Arturo Lorenzo, inextinguibles

Los registros dicen que sólo quedamos dos. Somos las últimas personas. Yo y tú, mujer y hombre, el final de una cadena que decidió colectivamente, por el bien de las demás especies, la extinción voluntaria. (Te desabrocho un botón.)

Tú y yo, los últimos, coincidimos en que mantenemos intacto nuestro sistema reproductivo. Muchos se esterilizaron, pero no todos. No hizo falta, porque la estricta disciplina en que nos educaron ha actuado como eficaz vasectomía, como castración o ligadura de trompas. Es la disciplina más rigurosa, la de la contracepción en todas sus formas, la del *coitus interruptus*, la de la abstención. (Cuelo mi mano en tu pecho.)

Una cámara nos está filmando. Pusieron —pusimos— las cámaras para asegurarnos de que todos cumplíamos con nuestra promesa. No más partos. No más niños. Pero hoy, detrás de la cámara, no hay nadie. Nadie nos mira. Alzo mi cabeza y sonrío al objetivo. Sonrío a ese forastero cósmico que, quizá, recoja la filmación en un futuro. Me entristece la posibilidad de que no sepa interpretar que esta extensión horizontal y ascendente de mis labios significa alegría. (Mi mano en tu pecho baja hasta el abdomen. Toco tu vello y pienso en el homínido que eres, en cuántos monos has tenido que sobrevivir para nacer hombre, tan suave, con tan poco pelito en el cuerpo.)

No nos conocemos mucho. Tan sólo de vista. Pero todos nos conocíamos de vista, porque al final éramos tan pocos que nos reunimos aquí, buscando el calor de la última generación. Aunque conocerse de vista no es igual que mirarse a los ojos. Nosotros, tú y yo, también nos miramos a los ojos, varias veces, y eso nos situó entre el anonimato y el orgasmo; la intimidad del alma por la cópula de la mirada. (Subo mi mano desde el abdomen hasta tu cuello, la misma trayectoria que sigue tu sangre para ir desde el corazón hasta el cerebro. Me detengo en la arteria carótida. Late.)

Pensé que los otros llegarían a ancianos, pero se fueron apagando cada uno en una esquina, bajo una cámara que filmaba la fractura definitiva de ese eslabón sin descendencia. Tú estabas también en un rincón, pero no hundías la cabeza entre las rodillas, sino que escribías estos últimos paisajes con fórmulas matemáticas. Qué bonito, te dije, y detuviste el dedo en la arena para mirarme. Brillabas. (Te huelo. Nuestros abuelos presagiaron que el olfato se nos atrofiaría por no usarlo. Pero vamos a extinguirnos antes que el olfato. Nos extinguimos con los cinco sentidos despiertos. Tu piel se eriza bajo el soplo de mi nariz.)

¿Has visto cómo ha crecido el grupo de monos *Rhinopithecus*? A medida que nuestra población ha ido decreciendo, esa manada se ha hecho mucho más grande. Ellos sí ponen sus cabezas entre las rodillas, pero sólo cuando llueve. Evitan así que el agua les entre en la nariz, respingada, vuelta hacia arriba. ¿Lo sabías? Debido a esta particular morfología de su nariz, si no protegen sus cabezas la lluvia les hace estornudar. Por el sonido de su estornudo, hace muchos años, cuando los cazadores todavía cazaban, podían encontrarlos. Pero tú eres diferente a los *Rhinopithecus*; diferente a los demás hombres, porque nunca proteges tu cabeza en un gesto de depresión. (Tu mano está en mi espalda. Sube por mi columna vertebral y pienso que también yo he tenido que sobrevivir en muchos monos para llegar a ser una mona erguida.)

Qué bonito, te dije, y volví a mi esquina. Te miraba desde allí. Unos seis metros nos separaban. Hice pis. Un hilito líquido recorrió los seis metros y mojó la arena bajo tu dedo. Borró los bordes de una ecuación. ¿Era importante? Me disculpo. (Atraes mi labio inferior con tus dientes, primero, y luego el labio superior, que sueltas para volver al inferior, como un pájaro que picotea ajeno a cualquier presencia, ajeno a mí. No. Ajeno a mí no, te suplico. Y yo, yo me dejo besar, o quizá tampoco, quizá ésta sea mi manera de besar, ofrecer mi boca al hambriento para que me quite el hambre.)

Oí que los niños, a su manera, eran hermosos. Yo no lo sé. No puedo saberlo, porque las únicas veces que vi a algún niño yo también era una niña, y como niña sólo podía evaluar a los adultos, que siempre me parecieron tristes. Pero, desde que no hay niños —decían aliviados— hay más cachorros, más crías de todo, de bisontes, de ballenas, de piedras. Y parece cierto. La vida se regenera, reverdece en cada hueco que dejamos libre. Ayer se fue la mujer que estaba a mi lado y en su lugar ya hay un brote. Quién sabe lo que será. (Meto mis manos entre tus cabellos oscuros y largos, con los dedos algo separados, con las uñas mordidas y las yemas convertidas en hocicos que te olfatean las raíces como puercas que buscan trufas. Te olfateo las puntas, todo el cráneo, los mechones más largos, los pelos recién nacidos en la nuca, en las sienes... Claro que conservo el olfato. Y no sólo en la nariz. Nuestros abuelos se equivocaron.)

Cuidado. No vayas a pisar el brote. Tengo curiosidad por ver lo que nacerá. ¿Cómo se expresa aquello que, sin conocerlo, echamos de menos? No añoro lo que conozco, sino lo que nunca he visto. Añoro la sombra frondosa del árbol insinuada en un brote que quizá sólo sea un hongo. El futuro también. Añoro el futuro, ese pececito inmaduro que nos han hecho prometer que no comeremos. (Me besas el pecho, y qué orgullosa estoy de poder mostrártelo. Mira. Éstos son dos pechos bonitos. Creía que nadie los vería nunca. Sonrío otra vez a la cámara. Y qué pena otra vez si quien la descubra algún día no sabe interpretar mi sonrisa. Qué pena si no sabe que estos dos pechos son sexuales y que, aunque muchos acaben cayéndose y los haya grandes y pequeños, llenos y vacíos, los míos están en su sitio y tienen el tamaño suficiente para que una mano sienta su peso. Y, en el medio, una cosa que se llama pezón, que también puede ser feo o bonito —porque hay algunos que crecen hacia dentro y esos no invitan a nada—, pero los míos salen hacia fuera para decir: si nos acaricias, enrojecemos.)

Alguien que sabía dijo que ya no teníamos tiempo. Que deberíamos haber colonizado hace siglos otros planetas, no dejar los huevos en una sola cesta. Y los abuelos de los abuelos de los abuelos hablaban de cuántas especies se habían extinguido a nuestro paso. Y de ahí la sentencia: acelerar nuestra extinción inevitable para frenar, al menos, las demás, a través de la compasión humana que nos queda. (Me tiendes en el suelo bocarriba y, ah, ya estás dentro. Siento la voz de alarma. Cuidado. No estamos esterilizados. Pero te dejo hacer. Al menos un poco porque me gusta y porque pienso —con esa parte del cerebro que es capaz de pensar desde el placer— en cuántos monos hemos tenido que sobrevivir para copular mirándonos a los ojos. De todos los atributos humanos admiro sobre todo, más que la compasión que nos mueve a extinguirnos, esta postura misionera. *Homo habilis. Homo erectus. Homo sapiens.* En qué momento de la evolución el hombre descubrió los efectos de su penetración en la retina que le mira.)

Yo nunca había matado nada. Quizá el río de orina que se extendió hasta ti ahogó algún insecto. Esto no fue intencionado, pero sí lo fue el movimiento de mi muñeca al romper el cuello de un conejo que vino a mis pies. Los conejos ya no tienen miedo. Nada nos tiene miedo, y no es que me importe, pero no soporto que un conejo ignore cuánto tuvimos que esforzarnos para conseguir el fuego. (Si te mueves así pronto voy a dejar de pensar, pero no voy a traicionar la promesa que todos nuestros semejantes cumplieron. Te aparto. Tus ojos se abren sobre los míos. Tienes pestañas de elefante.)

Regresas a tu esquina. Te veo caminar de espaldas como un prototipo de humano perfecto. Me tumbo de lado para mirarte. Te has sentado otra vez. Vuelves a escribir en la arena, ahora con una ramita. Me arrastro poco a poco. No sé por qué no quiero levantarme. Me deslizo desde mi esquina hasta la tuya como una serpiente con patas. Al llegar a tus pies veo las ecuaciones. (Huelo tu sexo desde un símbolo. Mi olfato sigue sin extinguirse. Me siento sobre ti, cara a cara, tu cuerpo entre mis piernas, el mío entre las tuyas. Vuelves a entrar. Otra vez la voz de alarma: cuidado. Estamos sin esterilizar.)

Tu primera palabra es una orden de silencio: «Calla», me dices. Obedezco. Te miro y veo las montañas que agitas por encima de tu cabeza. Esas montañas se están moviendo mientras yo noto, por dentro, la presión del brazo que las levantó. Es un brazo que en lugar de terminar en mano termina en un agujerito. Se está hinchando y sé que, si no lo retiro, expulsará el esperma en ese maratón que desde nuestros abuelos de los abuelos de los abuelos venimos arruinando. Sí. Vas a eyacular. Todavía estoy a tiempo. No es necesario que te detenga. Podría ofrecerte mis manos, podría también abrirte mi boca. Pero tú me miras bajo esas pestañas espesas de elefante y yo te dejo disparar la carrera. En la descarga caliente me río de nuestros muertos. Me río del marfil por el que justificamos cementerios de elefantes descolmillados. Elefantes: esas inútiles especies milenarias que todavía no han aprendido a aparearse mientras se miran a los ojos.

MioTauro

Dicen que yo inicié un nuevo ganado, cuando, hace catorce años, di a luz a un niño con cabeza de toro. Yo defendí que ese hijo era fruto de un padre como él, pero nadie creyó en su existencia, porque la gente simplifica, y supone que lo único no existe. Esto, junto con la realidad de mi inclinación animal, hizo que se extendiera el rumor de que el padre era un toro de tantos.

No me dejaron ver al niño, y lo arrojaron al campo, pero durante mucho tiempo escuché que el que fue destetado no sólo había sobrevivido al abandono, sino que estaba creciendo como gran semental en la constitución de una nueva especie. Mi hijo, semilla de un ganado salvaje de hombres astados, crecía ennobleciéndome, como rey de un rebaño sin pastor, nómada y esquivo.

Pocos pudieron verlos, pero de vez en cuando llegaba una voz nueva al pueblo anunciando que, desde algún risco siempre lejano y oculto, había visto a los minotauros. Las descripciones coincidían en asegurar que el grupo iba aumentando, y antes del último mes de mayo se calculaba que había unas veinte reses; veinte cuerpos de hombre, y veinte cabezas de toro bravo, coronándolos.

Si yo no hubiera sabido que en algún lugar pacía esa manada, que la carne de mi carne se extendía en una familia de toros erguidos, de hombres rumiantes de hierba, quizá habría terminado por ceder a los intentos del pueblo por reinsertarme en los parámetros de sus casas, sus pasillos, su sexualidad. Pero, a pesar del silencio con que me trataron, la existencia de un linaje tan excepcional es demasiado poderosa como para que no llegara a mis oídos.

Es cierto que algunos hablaban de la raza de los minotauros como de una leyenda, pero se decía que quien perseveraba en las leyes discretas de su búsqueda terminaba por verlos. Había incluso quien se echaba el rifle a la espalda con la fantasía de dar caza a algún ejemplar. Pero no se puede colgar la cabeza de toro en la pared sin disparar primero al hombre; al pecho desnudo del hombre... Y, sin embargo, cuando el cazador conseguía encañonarlo, tras la cruz de mira del arma, el párpado iba cayendo, vencido ante la visión del torso joven de un semejante.

Tampoco se atrevió nadie a disparar cuando lograron cazar al primer minotauro, pero no por ello renunciaron al trofeo, porque se encontró una justificación aceptable para enfrentarse a aquel cuerpo que desmentía su cabeza: torearlo en la plaza. Para la lidia me escogieron a mí, no sólo porque era diestra en las artes del toreo, sino, sobre todo, para castigarme, para que me enfrentara a mi ser querido, y lo sacrificara como a cualquier toro. La sentencia sería clara: si como animal cedía a mi espada, su muerte no habría de lamentarse. Si, por el contrario, el hombre adivinaba la trampa y se me imponía como rival, habría que reconocerle el derecho a la vida, olvidar su cabeza y creer sólo en su cuerpo.

Era 7 de mayo. Pero lo que debería haber sido la gran celebración de la primavera no terminó como todos esperaban, y ahora que estoy embarazada por segunda vez la gente hace apuestas, y nadie me mira a la cara, sino al vientre preñado, para escrutar su forma, para ver cómo va creciendo y averiguar si lo que llevo dentro ahora será un niño u otra bestia, concebida con aquel a quien querían que matara. Yo no les digo nada, pero la próxima vez no me encontrarán. Yo misma cortaré el cordón umbilical de lo que está por venir, me lo cargaré a la espalda mientras me mastico la placenta y buscaré el rastro de la manada para abandonarme, salvaje, al empuje que mi rebaño quiera darme.

Carta al padre

Puede que esta carta, cuando te encuentre, sea la última manifestación de esa humanidad que siempre me han reclamado. Por eso la escribo, porque en mi intento de parecerme a ti, el lenguaje ha empezado a resultarme extraño. Después de años de esfuerzo, ayer hubo un momento en que conseguí no entender lo que me decían, y esta mañana logré no reconocer mi nombre. Quisiera que esta carta sea mi despedida del idioma materno, marcar en el papel lo que pasó antes de desprenderme de las letras como un perro se sacude las pulgas.

Pero quizá tú sí entiendas estas líneas, quizá incluso puedas hablar. Viví mucho tiempo pensando que tu lengua, al estar en tu cabeza, era también lengua de toro... pero algo debe de tener de hombre, porque el día de la corrida fuiste capaz de articular esa frase que te salvó. Ésa fue tu única oración, y te escapaste después de entregarme la mejor despedida. Nadie se atrevió a impedírtelo. Todos en la plaza te vieron huir y saltar la barrera, con la agilidad de un héroe desnudo.

Aparte de aquella frase, nunca más te escuché una palabra. Por eso, si el lenguaje te ofende, discúlpamelo, yo misma lo habré olvidado cuando me tengas delante. Perdóname también este cuerpo, que no puedo dejar atrás y, sobre todo, esta cabeza, este rostro de mujer que para mi desgracia todos han admirado por su belleza y rara palidez.

Carta al hijo

Hijo mío, cuando te concebí yo todavía buscaba un lugar entre los hombres. Esto te hace diferente a este segundo hijo que nacerá en pocos días, porque cuando recuerdo la noche del parto en que nos separaron, siento que tengo que hablarte. Cómo decirlo; este hermano tuyo nacerá y yo, quizá, sólo le lance un mugido. Pero cuando naciste tú yo todavía vagaba justificándome, y esta carta es, creo, la última estela de mis disculpas, el final de un reguero de letritas como migas de pan.

Los más clementes del pueblo siempre me consideraron una enferma. No los escuches. Estoy sana. Lo dicen porque dejo que los toros me cubran, y porque menstrúo, desde mi pubertad, con los mismos ciclos de las vacas. Me llaman, por esto, Ternera. A ti no te llaman de ninguna forma, ni siquiera yo te puse un nombre, porque cuando te di a luz no me dejaron verte. Pero debes creer que durante seis años te busqué, y como la única pista que conservaba para encontrarte era tu llanto, todo ese tiempo estuve con los oídos bien abiertos, con la cabeza y el vientre vaciados, viviendo como un animalito obcecado en la sola intención de encontrar al cachorro que me arrebataron. Yo digo animalito, pero todos me llaman animal, con más motivo desde el 7 de mayo, en que frustré el sacrificio que habían preparado y uní al público en el asombro de una sola boca abierta, porque yo, en lugar de clavar la espada como hacen los toreros, había hecho otra cosa, una cosa de animal. Y se sorprendieron, pero ¿no son ellos los que me llaman así? Pues no hice nada que un animal no haga.

Hoy hablan de ganado, así se refieren a vosotros. Y yo también os llamo así, me gusta, porque aunque vuestro ganado no soporta divisa de ganadero, sois mi mejor ganancia, mi familia, la nueva especie prometida de la ternera deshijada y sola que seré hasta encontraros.

Carta al padre

Mi palidez, además de ti y de los toros, es el motivo por el que vivo en la boca de la gente. Dicen que mi piel es tan blanca como la de una reina remota de Bretaña, y cuando bebo vino todos se me acercan para observar maravillados cómo, a medida que baja el líquido tinto, mi garganta se va trasluciendo de azul. Hay, además, algo en mi blancura que nadie entiende, y es que el sol no la quema, ni siquiera la mancha, y cuanto más me azota más blanca parezco, casi siempre descubierta, porque en el campo donde vivo sólo me resguardo del techo.

Pero a pesar de esta singularidad, nadie dudaría por mi apariencia de que soy más mujer que becerra. Y decidieron cimentarme en esta naturaleza, ideando un plan para que, de una vez por todas, me olvidara de esa inclinación animal, matándote a ti, padre del hijo que llevo dentro. Fue hace casi nueve meses, ese día de mayo en que congregaron a los vecinos en la plaza para que fueran testigos de nuestro dolor. Confiaban en que no me diera cuenta de quién eras, que te tomara por otro. Pero el plan les salió al revés, porque cuando fui a matarte escuché al oído tu lamento, que me detuvo, y así, lo único que lograron fue que nuestro amor se impusiera. Nuestro amor, pero llevado a sus últimas consecuencias.

Carta al hijo

Desde que te parí comprendí mi soledad, porque cuando pregunté por ti a los pocos que sabían que existías, me volvieron la espalda. Me parecía que para ellos mencionarte era contagiarse de una enfermedad. Sólo confiaba, pues, en mis oídos, siempre atentos, alerta incluso cuando dormía, tratando de identificar tu llanto, primero en los bebés, y más tarde en los niños, conforme iba pasando el tiempo. Pero esta búsqueda se daba dentro de un hábito que me venía de siempre: los toros. Todo lo que no era buscarte, era buscar a un toro, nada más existía para mí, y cada vez que, cuando podía, me colaba en alguna dehesa, no encontraba bravura que no se me rindiera. Pero es que además había, hijo, entre las dos acciones, un vínculo... y se me figuraba que torear al toro era como callarte a ti, porque sólo en esos momentos el retumbar permanente de tu llanto en mi cabeza remitía o incluso cesaba. El resto del tiempo estaba siempre en guardia, sin hablar para que no me hablaran, ladeando la cabeza cuando escuchaba un sonido agudo, tratando de filtrar cualquier tipo de ruido que interfiriera tu llanto continuo. Sólo lograba encontrar la calma cuando toreaba. Entonces, flotaba en el silencio recobrado del campo donde siempre había vivido; una dehesa plana y verde, con los toros bravos que se movían como si estuvieran quietos, que pisaban algunas florecitas amarillas, y una sola encina en medio de la tierra tan grande. Una encina sola, y una mujer sola, yo, que cuando no estaba recostada en el árbol estaba provocando a los toros, es lo que dicen. Por eso todavía, cuando alguien pasa por mi árbol, no puede irse sin arrojarme una bola de estiércol. Me disgusta el olor a mano de quienes me lo arrojan.

Carta al padre

Ansiaba reencontrarte en la plaza desde el día en que me llevaron ante ti hecho presa. Allí estabas en la celda, cazado, maniatado. Cuando entré te pusiste en pie, y recordé la imagen del único minotauro que había visto, por eso pensé, equivocada, que eras el mismo, el solitario, el que hacía catorce años me había fecundado, el padre de nuestro rebaño que crece y crece. Yo lo dije, siempre dije que copulé con aquel minotauro, y que nunca como en ese momento estuve tan cerca de acariciar a un hombre, pero no di más explicaciones, y hasta que no os descubrieron no me creyeron. Y por fin, ahí estabas tú, sellando mi palabra ante todos.

Eras mucho más alto que yo, más alto que un hombre muy alto, pero cuando me eché a tus pies te agachaste hasta mi altura, inclinaste la cabeza como en un pesebre y me lamiste la cara. Entonces una voz de alguacil me dijo que a la semana siguiente estaríamos los dos en la plaza. Tú habrías de embestir y yo tendría que clavarte la espada. Cuando salí de la celda todavía tenía el pelo pegado a la frente, húmeda tras el paso de tu lengua. Me giré y, mientras la puerta se cerraba, vi tus espaldas. Busqué en ellas la cicatriz que, años atrás, te dejó la infección de una herida. Pero había desaparecido. Yo lo atribuí a que tu piel, resistente como la corteza de un tejo, se había regenerado. Pero la razón es que no eras el mismo.

Aquel día te di un nombre, el nombre con que te esperé hasta el 7 de mayo, y con el que te llamaré cuando salga en tu búsqueda; el único nombre que me gustaría conservar cuando, en mi camino, se me vaya deshilvanando el resto del alfabeto: MioTauro. «MioTauro», susurraré si hay alguna casa cerca. «¡MioTauro!», gritaré cuando no vea más que árboles, piedras y montes... esperando que, sigilosamente, apartes la espesura verde y asomes sobre mí tu cornamenta.

Carta al hijo

El secreto, como el dolor, se ha multiplicado siempre en mi vida, no les importa la sequía. Así llegaste tú, tras unas contracciones dolorosas y secretas. Sólo estaban mi madre y un hombre que me asistió en el parto, un veterinario que no entendía nada del cuerpo humano, y se notaba, porque movía mis muslos como si fueran ancas, y porque tiraba de ti como se tira de un potrillo. Cuando al fin saliste, no me dejaron verte. Yo te oí llorar, y en ese instante la felicidad se me vertió al mundo. Mi madre, sin embargo, me miró igual que si mi padre resucitado hubiera vuelto para romperle las costillas. Entonces te sacaron fuera y yo comencé a rastrear tu llanto para encontrarte... y volví a la vida de todos los días, a mis largas horas en el campo, al tronco de la única encina. Y a las andadas. Dicen que volví a las andadas. Pero no es cierto, hijo, no podía volver a las andadas; únicamente volví a torear, que no es lo mismo, porque cuando te separaron de mí todo apetito se fue contigo.

Por aquel entonces me dieron otro nombre. Como la leche no me quería salir y se me habían obstruido los conductos de mi pecho izquierdo, comenzaron a llamarme Teticiega. «¿Te duele, Ternera? ¿Te duele, Teticiega?», me preguntaban sin pizca de compasión, al ver mi pecho abultado como una pelota. Me quedé con los dos nombres, a pesar de que mi pecho se recuperó.

Carta al padre

Me pregunto si lo recordarás como yo. Yo lo recuerdo como al creador de todos los días, con un sol que parecía haber desatendido al mundo para colocarse encima de la plaza, ambos amarillos y redondos, reflejo el uno del otro. Yo estaba entre el sol y la arena, con mi viejo capote en la mano; cincuenta kilos de mujer, de impaciencia y de temblor. Frente a mí, tú, la bestia, el anhelado.

En los primeros segundos de quietud se me grabó la imagen con que desde entonces te pienso. Nunca vi desnudez más cierta ni más hermosa. Aunque estabas de frente, quieto, te vi entero, en todos tus lados, por fuera y desde dentro. Tu cuello robusto era aún cuello de toro, pero a partir de las clavículas comenzaba el hombre. Me fijé de nuevo en tus pectorales, los mismos de hacía años. Tampoco ellos ocultaban nada, y desvelaban los órganos que cubrían, los pulmones inflándose de aire en un movimiento de respiración profunda y acelerada. Los brazos, como las piernas, se habían alargado un poco en el desarrollo de tu juventud, y los bíceps se pronunciaban al respecto de esas formas alargadas, que se iban estrechando levemente hacia los pies. Y algo más arriba del centro, el ombligo, válvula de tu abdomen. Yo lo habría soplado para vaciarme hasta la última molécula de oxígeno y, sin embargo, sabía que la vida me empujaría, tirana, a salvarla como me pedían: defendiéndome de ti. Tú ibas a atacar de un momento a otro, y aunque al principio no podía entender tu violencia, me lo aclaraste todo en aquella última frase. No era una voluntad de muerte, sino el arrojo de la creación.

Pero yo no sabía lo que se escondía detrás de esa ceremonia. A mí sólo me dijeron que el motivo era celebrar que me estaba curando y ya empezaba a ser una mujer normal. Eso, creo, lo afirmaban como algo bueno, y aunque yo sentía que la piel de mujer era una costra que me habían impuesto para cerrar la herida de mi bestialidad, no podía sospechar que la corrida había sido planeada, más bien, como una manera de forzar, públicamente, mi sumisión, y de otorgarme así el perdón colectivo. Querían que tú, con tu muerte dada por mí, me absolvieras en nombre de todos, pues uno a uno no se atrevían, tan grande consideraban mi pecado. Nadie habría imaginado que pocas horas después, bajo el sol, como bajo la lente de una lupa gigante, se agrandaría mi depravación.

Carta al hijo

Hijo, la gente habla así, rápido, pero no los escuches, porque no se paran a mirar dentro de una. Creen que porque ven lo que baja por mi garganta ya me lo han visto todo, y confunden la transparencia de mi piel con la de mis pensamientos. Que volví a las andadas, dicen, y ojalá hubiera sido cierto. Pero yo sabía que algo dentro de mí debía de haber cambiado, porque sólo escuchaba el llanto de aquella noche oscura de mi parto, el gimoteo pegado a los tímpanos de una manera que me daban ganas de callarlo a cabezazos... y lo intenté, contra los ladrillos del pozo, y hasta lástima me dio al ver mi sangre en la cal tan blanca. Pero tu llanto no se iba; un runrún, runrún, runrún... para volverme loca, tan desesperante como para, por momentos, llegar a odiarte. Pero cuanto más te odiaba más te buscaba, para taparte la boca. A punto estuve de tirarme al pozo, pero entonces me imaginé ahogada con el runrún para siempre, y eso sí que me dio un miedo grande como el aullido de un lobo en llamas.

Carta al padre

Muchas cabezas nos miraban desde las gradas. Parecían escamas de la misma serpiente descomunal y ansiosa. Se sentía la expectación de una vuelta a un pasado remoto, cuando las arenas se encharcaban con la sangre no sólo de las fieras, sino de los hombres.

Así habías entrado, corriendo como un hombre, un toro bípedo, marcando en la carrera la articulación perfecta de tu anatomía. Cuando me viste, frenaste en seco unos segundos y cambiaste tu trayectoria hacia donde yo estaba. Comencé a sentir el peso de tus pasos contra el suelo. Te paraste a dos metros escasos, fijaste la mirada en mí y entonces, entre cuerno y cuerno, me mediste el pecho. Tú seguramente no advertiste que con ese primer movimiento, sin tocarme, me dominaste. Podrías haber alargado tus manos finas y grandes al aire, y medirme con apenas dos palmos, pero en lugar de eso bajaste la frente, enfilaste tu visión en mi busto y me lo ajustaste entre tus pitones.

En los pocos segundos en que ninguno de los dos adelantamos un paso, tus ojos me devolvieron el resplandor del primer minotauro; dos huecos encendidos de negro, sin apenas lugar para unos milímetros de blanco que, como dos granos de sal, quedaban arrinconados en los lagrimales. Eran los mismos ojos que catorce años atrás me miraban sobre la hierba como si fuéramos de la misma especie. Y la misma mirada, tan peculiar, como de arpón, de abajo hacia arriba, que me enganchaba, inversamente altiva, empinada, pero desde abajo, altivamente humilde.

Antes de tu ataque sentí una paz extraña, como la paz del reconocimiento, podría ser, pero también la paz antes de la guerra, y cuando rompiste nuestra quietud con una patada en la arena, me repuse para recibirte como rival. Cargué la suerte abalanzándome sobre ti con todo el cuerpo, y pensé en mi hijo, para dedicarle la lucha que tú parecías imponer como inevitable, la muerte de su padre.

Carta al hijo

El día de la plaza me sentí observada, porque hasta entonces sólo había toreado por mi cuenta, en los mismos campos donde decían que ocurrió aquello, ese «aquello» que la gente mencionaba como levantando el puño con una piedra dentro. Siempre pensé que si hubiera detallado lo que pasó, ese puño me habría lanzado la piedra con la fuerza de una honda. Por eso, aunque lo dije, nunca llegué a explicarlo, y lo único que preguntaba, cuando alguien se acercaba por curiosidad a mi encina, era que dónde estaba mi niño, y lo preguntaba desganada, esperando la reacción habitual, porque a ti también te llamaban «aquello», mientras reculaban sin querer darme la espalda, como hacía yo con los toros más bravos. Aunque con los toros bravos yo reculaba poco, más bien lo que me gustaba era no moverme del sitio, y al comparar mi arte con el de los muchachos que a veces iban a torear al cortijo, todos aseguraban que yo lo hacía mucho mejor que ellos, por una razón que me daba ventaja, y es que, dicen, eso del toreo lo había yo aprendido de los mismos toros.

Carta al padre

Mi cuerpo formaba una diagonal enfrentada a ti, esperando tu ataque, pero entonces tú te expresaste con otro de los gestos que tanto agradezco. Ante nuestros pies había aparecido una sombra alargada, como la que deja la aguja en un reloj de arena. Seguí la dirección que apuntaba la sombra desde el suelo, y encontré, después de catorce años, la visión afortunada. Allí mismo estaba, eternizando el espacio y el tiempo: la erección del minotauro.

No conozco deseo más profundo que esa elevación. Tienes que saber que quise tocarte, mi alma bruta, mi toro almado, pero tú volviste a agacharte, como el día de la celda, para atacar. Tu cuerpo seguía siendo igual de ágil en cualquier posición. Recibí en el capote las primeras embestidas, pero cuando una de tus astas me rozó la cintura estuve a punto de doblarme por la mitad.

Pude reponerme, pero ya todo menos tú había desaparecido, incluido mi hijo. No es que no escuchara su llanto, pues el silencio era el habitual frente al toro, es que ya no existía. Sólo existía un cosquilleo, una agitación de hormigas deseantes que empezaron en los talones y subían hasta las ingles; una legión de muchas patitas subiendo como pisadas de saliva, unas detrás de otras, que se metían entre los dedos de los pies y pasaban la curva de mis tobillos, las rodillas, hasta arriba, accionadas sólo por un roce de tu cuerno frío. Era el deseo subiendo, la vida que ascendía, y que, en algún instante de lucidez, me aterraba, porque sabía lo que significaba satisfacerme en la plaza. Temía que la serpiente se desenroscara de las gradas para morderme, para envenenarme o crujirme los huesos.

Es cierto que intenté negarte, aplastar las hormigas contra mis muslos, mis brazos, mis talones, como si aplastara una nube de mosquitos persistentes, pero cuando clavabas la mirada en los vuelos de la capa, me rozabas de nuevo; un roce, y otro, hasta que me comenzaste a vencer, de abajo arriba, mientras yo marcaba los pases como respiraba, acompasados, sin prisa, pero necesarios; primero te adelantaba el pecho, luego la muleta, y así volvía a llevarte hasta detrás de mí lo más despacito posible, reteniendo las aguas, ciñéndome a tu costado como si fueses una media de licor tibio.

Carta al hijo

Cuando a mi alrededor el nivel de ruido se elevaba por alguna razón, por una fiesta del pueblo, o por una tormenta, me ponía tan nerviosa que debían sujetarme porque, intentando siempre acallar lo que no era tu llanto, terminaba por golpear cualquier causa de sonido, y me lanzaba contra los altavoces que en una feria amplificaban la música, o contra las personas.

Como sabían que sólo frente a un toro me apaciguaba me permitían torear en ciertas dehesas, a condición de que fuera acompañada, para garantizar que no cometiera las aberraciones de antaño. Que yo evitaba el sexo humano lo sabían todos, pero nadie parecía comprender que después de mi encuentro con el minotauro y de tu pérdida también comenzara a rechazar el calor de las fieras. Pasé, por tanto, muchos años de abstinencia, que rompía sólo conmigo misma, esas noches en que me iba al lugar donde te había concebido, me tendía bocarriba y mojaba el humus de la tierra, que absorbía el placer solitario del recuerdo. Que una especie desconocida fuera el único objeto de mi deseo resultaba inverosímil, y cuando cazaron al primer minotauro idearon el plan que, para nuestro bien, fracasó.

Carta al padre

Pensé que nuestras bellezas eran similares. Ambas estaban preparadas para dar y quitar la vida. También tu bravura, como la mía, comenzó a abrirnos al peligro definitivo del deseo. No te quejaste cuando clavé en tu espalda los arpones de las banderillas y, al contrario, adornado de la fortuna, te creciste en tu embestida, dispuesto para acometer el tercio de muerte.

Fui yo la que caí primero, herida. Seguro que recuerdas cómo sucedió. Tú te habías enderezado y yo, inexperta en la lucha a esa altura, perdí el control. Me rozaste un hombro y, ya tendida en el suelo, me diste otra cornada que me revolcó como a un trapo. La serpiente soltó un chillido afilado. ¿Lo oíste? Tuve miedo, se me nubló la vista y ensordecí. Los sentidos no me respondían, no podía moverme, pero entonces tú me regalaste la hombría que me devolvió la consciencia. Te pusiste de rodillas y acoplaste, con delicadeza a mi boca entreabierta, tu órgano húmedo y viril. El ajuste era exacto, limpio, perfecto; tú lo sostenías con una mano mientras con la otra me acariciabas la cara. Tan sólo unas primeras gotas bastaron para iluminarme la garganta, con un color espeso y oscuro como sangre de toro, como vino tinto: el color preseminal del minotauro.

Todavía con un resplandor escarlata en mi cuello, agradecida y reavivada, volví a la lucha.

Carta al padre y al hijo

Cuando nadie en la plaza, excepto tú, podía todavía olerme el deseo, intenté enfriarme en el pensamiento del castigo que me amenazaba si cedía a las ganas, pensar que estaba a tiempo. Pero resultó demasiado tarde, nos movíamos ya en una danza incorpórea, espejo de aquella noche que me dio un niño mitad yo y mitad tú; mitad animal, mitad hombre y mujer, ligando pases en un fraseo amatorio que, finalmente, abrió mis aguas a tu fuerza.

Recuperada de mi desmayo me había aferrado a la espada, y tú embestías la muleta como lo que era, mi cuerpo en celo reclamando la cópula. Por eso querían castigarme, por excitar a los toros, y a ti mismo, hasta vaciarlos de su bravura; por vaciarme, también yo, en la boca de los sacrificados. Y así, en plena excitación, en el último pase, cuando sostenía en alto el arma que habría de encharcarte los pulmones, me cubriste, como cubren los toros a sus hembras.

Mientras en las gradas la gran serpiente se revolvía de horror ante nuestro acto, yo iba llenando el cántaro de mi clímax. Empuñé la espada con decisión, y esperé el momento en que tú fueras a atravesarme para atravesarte yo al mismo tiempo. Cuando presentí que ya podíamos cruzarnos me di la vuelta con cuidado de no separarme. Me sorprendió ver que tenías los párpados casi cerrados, hinchados, como después del llanto. Entonces, reuniendo las pocas fuerzas que me quedaban, dirigí hacia ti la punta del acero. Tus ojos inflamados, cuando lo advirtieron, se aguaron y, sin dejar de mirarme, retiraste el pelo de mi oreja derecha. Estabas preparándome para esa confidencia que nos salvó. Un minuto después, justo antes de la culminación del placer, antes de fecundarme con la vida que crece ahora en mi vientre, expulsaste tu queja, el llanto del niño mío que, con su lengua de toro, me lamía al oído: «No soy el padre, sino el hijo».

El hijo de mi hijo sigue creciendo en mi vientre. Mio-Tauro, padre e hijo. Ya me estoy yendo. Pienso en tu boca, tu cuello, tu sexo, y antes de rumiar mis últimas palabras de camino a los montes quiero decirte en mi idioma agónico:

A ti sólo os amo. Sólo os amo a ti.

Las islas

Los chicos se habían empeñado en comprar una colchoneta hinchable de camino a la playa. Eligieron la más grande, un círculo amarillo con unas rocas y un cangrejo en relieve. En el centro tenía una palmera también hinchable, dos metros de tronco y largas hojas de plástico. Al llegar a la playa, como no disponíamos de bomba, tardamos casi dos horas en terminar de inflarla. Me habría gustado quedarme leyendo, pero Alberto no sabe nadar, y Laura es aún demasiado pequeña para cuidar de él. Cuando echamos la isla al agua y los niños vieron cómo flotaba se entusiasmaron tanto que insistieron en que nos subiéramos inmediatamente.

La superficie de plástico debía de ser tan nueva que su olor encubría el olor a gente y a lociones bronceadoras. Con satisfacción observé que la palmera daba sombra, porque además de las hojas de plástico tenía otras de tela que formaban una especie de sombrilla. Me recosté y, mientras los niños se afanaban en navegar golpeando el agua con los pies, comencé a leer.

No sé si entró viento de repente o si me despisté tanto que no advertí el esfuerzo de los niños por alejarnos de la orilla, pero el caso es que cuando levanté los ojos del libro la distancia que nos separaba de la costa era tan grande que la muchedumbre de playeros se había hecho indistinguible. Laura y Alberto seguían parloteando con ese sonido que yo había aceptado como fondo de mi lectura para asegurarme de que seguían bien. Antes del miedo sentí un segundo de placer al advertir que sus voces eran el único atributo humano a mi alrededor. Lo siguiente humano que escuché fue mi jadeo, un gemido de ansiedad al preguntarme cómo íbamos a volver.

Comprobé la dirección del viento. La isla seguía alejándonos de tierra, empujada por las hojas de la palmera, que funcionaban como vela. Agarré el tronco y lo doblé por la mitad, sujetándolo con una gomilla del pelo de Laura. Esto frenó algo nuestro avance, pero la mar seguía alejándonos de la playa. Pensé en diferentes opciones. Siendo un excelente nadador todavía tenía posibilidades de alcanzar la tierra a nado, siguiendo la corriente en diagonal. Pero tendría que ir solo, y dudaba de que Laura y Alberto obedecieran mis órdenes de permanecer en la isla hasta que regresara con ayuda. Quizá podía confiar en Laura, pero Alberto nunca hacía caso. Si hubiera tenido la certeza de que nadie nos encontraría a tiempo, les habría dejado allí. Me habría echado al mar para intentar salvar, al menos, a uno de los tres náufragos. Finalmente, opté por la opción de la espera y, ante la posibilidad de que nadie nos localizara, sentí la ridiculez de un padre que decide morir con sus hijos.

Al escuchar el motor supe que no sería un mártir. Salvamento Marítimo se acercaba en una moto de agua que remolcaba una camilla. Algunos minutos después la costa comenzó a acercarse. Primero las sombrillas de colores, luego las personas de colores, después los gritos, las barrigas, las neveras y los bocadillos de embutidos. Una vez en tierra un enfermero nos hizo un reconocimiento y mi mujer vino a perdonarme la vida por la alegría de vernos vivos.

Eva ya había agotado sus vacaciones y, mientras ella trabajaba, yo tenía que seguir yendo a la playa. Parecía una obligación. Lo pensaba al día siguiente, cuando volvía con los niños por el paseo marítimo, cargado de toallas, cubos y rastrillos. Al pasar por la tienda donde la mañana anterior había comprado la colchoneta, tuve una sensación de bienestar al ver que seguían vendiendo la misma isla. Allí estaba, ocupando parte del paseo, con la palmera como un reloj de sol, proyectando sombra sobre el amarillo de su arena. Al mirarla sentí que me alejaba de la playa, una brisa limpia corría entre su plástico y mis piernas, un soplo de libertad me acariciaba. Volví sobre mis pasos, entré en la tienda y la compré, esta vez inflada. Los niños, que no habían llegado a comprender la gravedad del accidente ocurrido el día anterior, me ayudaron a sujetarla para que no rozara el suelo mientras caminábamos hacia la playa..

Peleé por un hueco libre en la arena y coloqué la isla. Extendí la protección solar en los cuerpecitos de Laura y Alberto. La crema blanca les asemejaba a otros niños que jugaban en la orilla. Con la cabeza apoyada en la colchoneta retomé la lectura, pero el pensamiento de volver a alejarme en la isla flotante me desconcertaba. Me fijé en un matrimonio de mediana edad. Me incorporé para pedirles que vigilaran a mis hijos mientras yo me daba un baño. Me puse las aletas, cogí la colchoneta y la empujé con fuerza los primeros metros, antes de subirme y ver cómo las olas continuaban alejándome. En la playa, la bandera amarilla que indicaba precaución comenzó a empequeñecer. Mis hijos también. Mis hijos, tan bellos como paulatinamente invisibles.

Hacía mucho tiempo que no me sentía tan bien como en mi isla. A partir de cierta distancia la plaga de medusas que parecía procrear en la aglomeración humana empezaba a disiparse, y me dejé llevar bocarriba, con los pies en el agua y la mirada velada de gotas. No me hacía falta nada más que una botella de agua. Si Alejandro Magno hubiera venido a regalarme cuanto quisiera, sólo le habría pedido una cosa: que se fuera. Me sentía un Diógenes en el presente radical de una ola que rompe en espuma.

De regreso a la playa, el matrimonio preocupado, mis hijos llorando. Una masajista pasaba de una espalda a otra sin limpiarse las manos. Aceite y dinero. Eructos de cerveza recalentada. Me disculpé, calmé a los niños y desinflé la colchoneta para que Eva no la viera al llegar a casa.

Al día siguiente busqué otra playa. Había comprado una bomba automática y la isla se levantaría en diez minutos. Esta vez le encargué a una abuela el cuidado de Laura y Alberto. Era el tercer día que salía en la colchoneta, y el día en que vi, por primera vez, la silueta que llegaría a obsesionarme. Llevaba como media hora a la deriva cuando, a unos setenta metros, divisé una isla igual que la mía. La misma palmera con sus hojas de tela ondeando, la misma forma, el mismo tamaño y, sobre ella, la silueta de una mujer. Traté de precisar su edad, pero a aquella distancia sólo podía ver dos manchas rojas que se correspondían con su bikini. Sentí curiosidad, pero no quise perturbarla y me alejé.

La curiosidad creció por la noche. Dormí y desperté con el pensamiento de encontrar de nuevo la otra isla. Recordaba las marcas donde la había avistado y, aunque pensé que esas marcas no me servirían para nada, la hallé en el mismo lugar. Supuse que, quizá, se había encallado entre dos balizas que tenía a ambos lados. El respeto pudo de nuevo más que la curiosidad, y tan sólo le grité si necesitaba algo. Como no obtuve respuesta pensé que ella, como yo, tampoco necesitaba nada. Una nueva emoción me impresionó: había pasado del sentimiento de estar solo en el mundo, al sentimiento de estar solos en el mundo.

Los tres días que siguieron fueron similares. Ella siempre en el mismo sitio. Comprendí que había encallado la isla a propósito. Era un buen lugar, desde allí los edificios de veinte pisos parecían piedras blancas. Cada vez me atrevía a acercarme un poco más, pero, como no quería molestarla, seguía estando demasiado lejos. Podía ver algo mejor las dos manchas rojas de su bikini, pero nada más; no acertaba a precisar el color de pelo, ni siquiera su postura, aunque parecía que habitualmente estaba recostada sobre el tronco de la palmera. Lo único que pude anticipar entonces fue el color de su piel; por contraste con la arena clara de la isla, era un poco más oscura, más anaranjada. Pero a pesar de la escasez de datos, el solo hecho de que pasara las horas en una isla como la mía era suficiente para estimular en mí una atracción enorme, que iba más allá de su edad o aspecto físico.

Uno de los siguientes días Laura y Alberto insistieron tanto en venir que tuve que llevarlos conmigo. A partir de entonces les pondría los flotadores. Con ellos me fue imposible acercarme a la isla, tal como había hecho las últimas veces y, en los días sucesivos, comprobé que cuando los niños me acompañaban siempre había algún factor que hacía imposible mi acercamiento, ya fuera una corriente marina adversa, un cambio de tiempo inesperado o una sed insoportable que me obligó una mañana a terminar la botella de agua de un trago y tener que volver. Por el contrario, cuando iba solo, mi isla parecía conocer su propio rumbo, y navegaba como empujada por un viento amigo.

Mi atrevimiento aún no llegaba a ser suficiente para acercarme, y no podía describir a mi compañera. Así la consideraba, mi compañera, dadas las coincidencias de nuestras circunstancias. Y en cada viaje un nuevo detalle iba apuntalando la atracción. Unos destellos diseminados por lo que debía de ser su cuerpo delataban las gotas de agua. Seguramente acababa de darse un baño, allí, tan lejos, donde el mar deja de ser el jacuzzi que es en la orilla, donde los únicos ojos que nos ven son los de los seres subacuáticos que, como nosotros, rehúyen la costa. Sin duda era, como yo, una gran nadadora. En uno de los últimos trayectos tiré el libro al agua. Ya no me servía, no lograba concentrarme. Pensé en llevar unos prismáticos para verla respetando la distancia, pero aquella idea me pareció una violación y la deseché. Si quería verla, tenía que acercarme, darle la libertad de que ella, al verme, se alejara o me recibiera.

Laura y Alberto me dieron una semana insoportable. Se negaron a volver a quedarse en la playa al cuidado de algún extraño, y de nuevo tuve que llevarlos conmigo. La ventaja era que podíamos estar en la isla mucho más tiempo, y comenzamos a comer allí. Aunque después de la comida los niños se quedaban más tranquilos, seguían parloteando entre ellos. Perdí todos los metros que había ganado las veces que había ido solo. Por alguna razón, incluso mi anterior y discreto acercamiento parecía ahora imposible. La visión de la isla lejana comenzó a desesperarme como el espejismo de un oasis. Y de fondo, el murmullo de los niños, que no me convenía acallar porque al fin y al cabo aquel sonido me permitía no tener que mirarles para saber que seguían bien. Quería reservar mi vista para mi isla vecina, como un reflejo de la mía, como una sombra flotante de mi deseo que, después de tantas horas, se fijaba en mi retina y se proyectaba durante el camino de regreso en breves instantes; en la cara de Laura, en el pico de la montaña, en la linterna del faro en el puerto.

Dejé de tocar a Eva. De madrugada sacaba los pies de la cama para imaginarme cómo sería el próximo día. Entre las sábanas podía sentir el frescor del agua, la ondulación de las olas bajo la colchoneta, la llamada de la isla que me estaba esperando. Todo el tiempo que pasaba en tierra lo empleaba en recrear las sensaciones que tenía cuando flotaba, y una noche determiné que la próxima vez alcanzaría la isla. Concilié un sueño apacible después de noches de insomnio, y me desperté con la lengua acartonada de sal.

Al otro día, dispuesto a evitar cualquier barrera que me limitara un acercamiento, volvimos a embarcarnos pero, llegados a cierto punto, mi isla, como era habitual, se detuvo. La atracción era tan irresistible que pensé en el canto de las sirenas y, de la mano de ese pensamiento, vino otro, que me dio el motivo de la imposibilidad de continuar el rumbo: el verdadero canto de las sirenas no es una melodía, no es una voz ni un coro. El verdadero canto de las sirenas es el silencio.

Intenté apartar de mí la palabra. Todo aquello que fuera palabra incordiaría la unión de nuestras islas. Cada vez más magnetizado, les dije a los niños que callaran. Efectivamente, en cada silencio, ganaba una braza. Pero Laura o Alberto terminaban por reiniciar su parloteo y, de nuevo, nos deteníamos. Sin poder resistirlo por más tiempo, les eché al agua. En sus dos flotadores comenzaron a alejarse y, cuando sus voces se extinguieron, empecé a avanzar, callado, quieto. Había cerrado los ojos. Quería descubrir la aparición al completo. Me dejaba llevar, visualizando en mi cabeza el choque blando de las dos islas como el nacimiento de un nuevo continente. Cuando sentí la colisión abrí los ojos y vi la tierra de plástico frente a mí. Era idéntica a la mía, salvo por un detalle que me hizo lanzar un grito de angustia, una llamada de auxilio, un llanto de padre. La carne de su habitante no era de la misma materia que la mía, sino que estaba hecha del mismo plástico que la palmera, que la arena, que el cangrejo. Mi angustia fue tanta que me extrañó que la mujer hinchable no me abrazara cuando me oyó gritar el nombre de mis hijos.

El piloto

A Robert Wimmer, cuentanubes de la física teórica

Comencé el trabajo con diecisiete años, siempre conduciendo camiones entre A y B. De los seis que conduje vi morir a dos. Lo hicieron igual que las personas. Un estertor final y la parálisis completa de la máquina, que me dejó aquellas dos veces en medio de la carretera que me tuvo, durante veinte años, yendo de A a B.

Ahora, recordar es tan fácil que los pliegues de las sábanas o el desconchón de una pared son nidos de memoria, remolinos de pasado que levantan escenas completas de caras y datos. Pero no siempre fue así.

El problema comenzó después de una década conduciendo durante seis días a la semana por la misma ruta. El primer día traté de tranquilizarme, tomándolo como un caso que no debería volver a suceder, un despiste, el cansancio. Se lo comenté a algunos compañeros y varios me dijeron que alguna vez aislada les había pasado algo similar. Se debía —me explicaron— a la monotonía del trayecto que, después de tantos años, puede activar una especie de piloto automático en el cerebro.

Pero, a diferencia de los demás camioneros, el fenómeno se me volvió a repetir. Al principio sólo una vez cada cuatro o seis semanas, luego con más y más frecuencia, hasta que, en cierto momento, comencé a vivir atemorizado por el hecho de que, cuando llegaba a B, no sabía cómo había llegado. Recordaba salir de A, recordaba llegar a B, pero me era imposible saber qué había pasado a lo largo de las cinco horas que separaban los dos puntos, el origen y el destino.

Tenía tanto miedo que, cuando llegaba, lo primero que hacía era golpearme la cara, morderme la lengua para sentir el dolor de quien no se ha caído por un despeñadero o ha chocado con otro vehículo. Confirmaba que seguía dentro del camión. Sentía el calor del motor recién apagado, restos de humo aún en la nariz pero, antes de eso, no conservaba ninguna imagen, ningún ruido del trayecto. Nada.

No sólo me preocupaba por mí porque, entre A y B, una ruta de curvas cerradas, ocurrían, de vez en cuando, accidentes, atropellos de personas y animales que no habían visto venir el vehículo. Algunos conductores se apeaban para lamentar la muerte o auxiliar al herido. Pero otros se daban a la fuga, y por ellos comencé a cambiar mi rutina. Después de leer en el periódico todos los datos, sin decir nunca el porqué, iba a visitar a los heridos, en los hospitales, en sus casas, para atenderlos; para cuidar a esas víctimas que, pensaba, podrían ser las mías. Como algunas recuperaciones eran lentas y seguían ocurriendo nuevos accidentes, cada vez tenía más trabajo.

De todas mis posibles víctimas había una que requería más atenciones que las demás, porque no tenía a nadie. Se llamaba Lily. Como en ocasiones similares, busqué en el periódico los detalles del accidente, con las manos temblorosas. Tras comprobar que, por el lugar y el momento en que había cruzado la carretera, yo podría haber sido el causante de su atropello, me calmé. Aunque sufría mucho, siempre me tranquilizaba tras el reconocimiento de mi culpabilidad, porque eran estos accidentes los trágicos mojones que venían a llenar algún tramo del agujero entre A y B, como un poste que, en lugar del kilómetro, me ofrecía el sumario de toda una persona.

La historia de Lily se me abrió el primer día que fui a verla al hospital. Estaba sedada. Las escenas de los heridos en cama habían dejado de impresionarme pero, en aquella ocasión, me conmovió el vacío alrededor de ella. Ninguna visita. Nadie preocupado. Sólo Lily y yo. Al ver su cara traté de recordarla en ese instante en que, me imaginaba, algunos caminantes miran con espanto al parabrisas antes de ser golpeados. Pero siempre era en vano. No podía recordar. Buscaba entonces restos de pintura de mi camión, trozos de azul en su piel, en el pelo. Nunca encontré ningún rastro que lograra delatarme.

Mi dedicación a los heridos era absoluta. Hacía todo lo que nadie quería hacer. Aparte de Lily, había algunos que dependían íntegramente de mí. Eran los animales que tenía en mi patio. Seis perros, un zorro y una cierva con tres patas. Por eso, poco a poco, el miedo a morir en una cuneta o rodar por un precipicio se fue mezclando con otra inquietud. Quién les atendería si yo faltara y, sobre todo, quién les atendería como yo.

Añoraba los años en que, al llegar a B, mientras los chicos descargaban la mercancía, reía comentando con los colegas las anécdotas del camino. Comencé a apropiarme de algunas de aquellas viejas anécdotas cuando, para que nadie sospechara, tuve que inventarme las circunstancias del trayecto. Dejé de disfrutar o de hastiarme conduciendo.

Cuando llegaba a casa ponía de comer a los animales y salía para las clínicas o los apartamentos donde se recuperaban los accidentados. Ellos, y también sus familiares, me querían mucho, porque era un voluntario que no se negaba a nada. Un día, la mujer de Thomas me pidió que masturbara por ella a su marido. Me tomé unos cuantos tragos seguidos, apagamos las luces y le toqué con la disposición con que me toco a mí mismo.

En mi día libre me dedicaba a la rehabilitación de Lily. Salíamos al campo. La sujetaba por las piernas para que caminara apoyándose en las manos. De esta manera ejercitaba el brazo que se le había quedado inmóvil. Ella no dejaba de agradecer mi ayuda, ignorando que era quien yo creía ser. Me decía que no recordaba el vehículo del accidente pero, por si acaso, nunca quise hablarle de mi camión.

Pienso que cuidar de los heridos, cuidar de Lily, quizá comenzara como un modo de reparar mi posible culpa. Pero conforme pasó el tiempo se convirtió en algo más. Mientras cuidaba a R., a S. o a Lily, sentía que ellos eran lo que podría haber estado pasando en la negra grieta que mediaba entre A y B. Cuidarlos era como llenar un cajón en mi memoria. No sabía lo que contenía el cajón, pero su peso me indicaba que estaba lleno, y era esa plenitud lo que importaba. Las víctimas eran la prueba de que, entre A y B, la vida, aunque yo no la recordara, no había dejado de pasar. Mirar a Lily era como descubrir con entusiasmo la hierba aplastada por un cuerpo en un planeta que yo creía deshabitado.

No dejé de golpearme la cara, de morderme la lengua, porque sabía que yo podría ser mi propia víctima, pero al cabo de unos meses sí dejé de buscar los rastros de otros en las ruedas, en el salpicadero, cuando llegaba a mi destino. Cuidando a todos aquellos que podría haber atropellado me evitaba los rituales ineficaces de comprobación. Lo único que empezó a importar fue el tiempo. Tener tiempo para todos, para Lily. Por ello me resigné a conducir menos, a separarme del volante, el objeto que más quería, y pasé a tener dos días libres a la semana.

Una tarde, después de salir de la casa de Thomas, fui a visitar a Lily. Masturbar a Thomas se había hecho habitual. Aunque nunca me quejé, su mujer siempre me lo pedía con la misma cara de lástima. Es el único placer que tiene —me recordaba—, pero ella no quería hacerlo. Lily, cuando entré en su casa, me tendió los brazos al cuello. Nunca la había visto tan contenta. Me dijo que nuevos datos sobre el caso de su atropello podrían señalar al culpable. Yo no sabía que la investigación no estaba cerrada. Tampoco sabía que Lily, absolutamente centrada en su recuperación, se interesara por saber algo que no mejoraría su movilidad.

Cuando el trayecto de A a B me tomaba algunas horas más de las habituales, al día siguiente buscaba en el periódico a qué se había debido la demora. Muchas veces era sólo el tráfico. Pero otras, los retrasos permanecieron inexplicables. Como tenía tan poco tiempo, apenas hablaba con los colegas, pero un minuto era suficiente para inventarme cómo me había ido el viaje, por si me preguntaban. Después me lavaba en el aseo de la venta, cenaba y me metía de nuevo en el camión para regresar. Solía recordar la vuelta desde

B a A. Me gustaba que el sol se pusiera en un lugar muy determinado, el hueco entre los picos de las dos montañas más altas. Al anochecer el aire que entraba por la ventanilla me producía un gran bienestar.

Una noche dejé el camión a un kilómetro de la casa de Lily y fui directamente a visitarla. La encontré colocando en la mesa, como un puzle, algunos datos que apuntaban al conductor en fuga. En los últimos meses la había visto cada vez más preocupada, pero sólo aquella noche tenía buenas noticias, dijo. Había recibido una llamada que aseguraba que la identificación del conductor estaba cerca.

Hasta entonces no había imaginado qué pasaría si empezaban a aparecer los culpables. Cada culpable que apareciera se llevaría con su víctima una sección de mi memoria. Volvió el miedo al vacío, el volante olvidado de mí, las cinco horas de nada día tras día. En ese miedo me entregué, a la mañana siguiente, como causante de todos los atropellos que durante años, entre A y B, sucedieron en los momentos en que yo conducía. Ahora paso las horas recreando cada trayecto. Me tumbo en la litera, cierro los ojos y veo claramente, como si fuera un águila a ras de la carretera, cómo quebré la pata de la cierva, cómo derrapé aquel día en medio del aguacero. Conduzco a mis anchas por la ruta de A a B. Veo la cara de Lily en un fogonazo de luz, escucho el frenazo del camión y la aceleración de mi propia huida. Sólo algunas cosas, después de un año en esta celda, me siguen angustiando: quién cuidará de los perros, de Lily, de mi camión. Quién tocará a Thomas.

Blanquita

Qué crueles habían sido. La madre observaba a su hijo comer y, para aliviar el nerviosismo que le provocaba esa imagen, apartaba de vez en cuando la mirada buscando los ojos del padre. Él era cómplice de aquella culpa, que durante los primeros cinco minutos de la comida impidió a la madre probar bocado. Pero qué crueles, pensaba la mujer cada vez que el pequeño se llevaba a la boca el tenedor pinchado con un trozo de Blanquita, la oca que ellos mismos le habían regalado hacía tres años.

Pero hacía tres años Benjamín era, en realidad, el mismo niño que seguía siendo, pues aunque su cuerpo parecía seguir un crecimiento normal, su mente, que en los comienzos de su vida renqueaba dos pasos adelante y uno hacia atrás, se estancó de modo definitivo a un nivel tan básico que, se suponía, le mantenía apartado de ese mundo de pensamientos y sensaciones que privilegia a las personas.

Benjamín parecía más ajeno a la realidad que el perro de la casa, y más ajeno a la casa que la propia Blanquita. Esta circunstancia consolaba a la madre, que valoraba las ventajas de no tener que justificar ante el hijo el menú de aquel domingo. Sin embargo, su conciencia la sacudía cada vez que Benjamín masticaba un nuevo pedazo, y pensó que había hecho bien escondiendo la muerte a los ojos del niño porque, a pesar de que estaba segura de que su vista no enviaba la información a su cerebro, todavía tendía a ocultarle la mayoría de las cosas que una madre oculta a su hijo.

El padre seguía comiendo con su apetito de siempre, y al advertir que su mujer le miraba con cara de corderito le decía en pocas palabras que ya nada se podía hacer sino comer, y le recordaba que la idea había sido de ella. Era verdad. Fue a ella a quien se le ocurrió sacrificar a Blanquita, y no por algún motivo mayor, sino sencillamente porque el animal graznaba cerca de ella en el preciso momento en que se preguntaba qué debía cocinar para el domingo. Mientras la desplumaba se decía que al fin y al cabo Blanquita nunca había cumplido con el propósito con que ellos se la regalaron a Benjamín: que la mascota parlanchina le sacara al niño algunas sílabas, algunos estímulos. Unos amigos les habían asegurado que las ocas dan excelentes resultados en casos difíciles de aislamiento infantil, y por eso ella, aunque sin demasiada esperanza, compró en el mercado de animales la que le pareció más sociable.

Pero el animal no quebró en lo más mínimo ni el silencio ni el ensimismamiento de Benjamín, que ni siquiera pestañeaba cuando, juguetona, le picoteaba los calcetines. Al pensar en esto la madre, reconocía que a ella el carácter tan alegre del ave sí le había sacado muchas sonrisas durante aquellos años, y entonces, al ver la pechuga abierta en la bandeja decidió que, sin duda, había sido cruel. Miró al pequeño Benjamín, ausente de todo, inconsciente como la mesa de madera y, sin embargo, no encontró un modo mejor de limpiar su conciencia que confesarle al hijo su equivocación. Iba a hacerlo cuando el pequeño le congeló el habla al decirle:

—Qué rica estaba Blanquita.

Trasplante

A Mariela Dreyfus y a Lila Zemboraín, que laten

Tú me mirabas los dedos, yo negaba con la cabeza: hoy no podré acariciarte, vas a tener que esperar de nuevo, pero esta vez más lejos de las puertas del clímax, en la retención indefinida del espasmo que te vengo prometiendo desde hace cien noches.

Te llevarán a quirófano estas enfermeras que se afanan, que entran y salen moviendo máquinas y jeringuillas, ágiles, veloces, preparándote para la operación que se acerca, después de una espera que has logrado sobrevivir apoyada en mí.

Apoyada en mí, pero sin rozarme, como en una muleta horizontal y clandestina que a tus catorce años sólo intuías (o quizá ni eso), bajo la tensión de mis pantalones, esa tensión que te ha mantenido en vilo, en vida. Y alrededor de ti, tu respiración, un vaho, un jadeo, que te ha arropado como el espacio que media entre mi piel y la tela, reducida, por la excitación, al algodón llovido y apretado, pelusa mojada de la flor cuando todavía estaba en su rama.

Más allá de los ruidos metálicos, esponjosos, de las enfermeras, se oye la operación acercándose. ¿La sientes? Pon tu oreja en la almohada como la ponías con tus amigos en la tierra, junto a las vías del tren, y escucha la máquina que se va aproximando. Mira. Ya se ve: la operación. Su vapor avanza en cada paso un instrumento quirúrgico que es una escena de fe, de futuro: unas gasas que se mueven por la brisa de una noche del próximo verano, unas tenazas con las que vaciarás la pinza de un cangrejo en un restaurante francés (será tu cumpleaños), unas tijeras que son los ojos confiables, transparentes, de la operación avanzando mientras que todo lo demás retrocede, el pasado, la muerte, el miedo, las enfermeras incluso; todo se inclina hacia atrás o se levanta ante esta operación deseada por tantos otros, que en sus listas de espera se van amoratando.

La operación requería que tu sistema inmunitario se fortaleciera, pero necesitaba también la llegada de un corazón frío, a 4 °C exactos. Después de que me reclamaras los dedos yo vi llegar el corazón. La puerta de la ambulancia se abrió y vi salir a un doctor escoltado por dos enfermeros. Esto fue de madrugada, hace tan sólo escasas horas. Intuí el músculo cuando lo traían en una pequeña nevera. Qué emoción. El doctor la llevaba por el asa con mucho cuidado. Al pasar la puerta de emergencias gritó: «¡Corazón en sala!», y el resto del equipo llegó corriendo, preciso, puesto en marcha como una maquinaria humana de latidos artificiales, que bombearía las paredes frigoríficas hasta que el cirujano colocara el órgano (quizá lo esté colocando ahora) en tu caja torácica hueca.

Y después (¿ahora?), una vez trasplantado, el cirujano te lo sostiene bajo su mano de látex. Necesita notar el primer latido. Ya. Órgano recién nacido en marcha. Pero no lo suelta. No puede soltarlo hasta que el ritmo comience a acompasarse al pulso del guante. Ya. Muy despacio va retirando la mano de tu músculo cardíaco, con disimulo, para que no se entere, igual que la tarde anterior la retiraba de la espalda del hijo, que pedaleó sin reparar que estaba en equilibrio y solo, que la mano del padre había soltado, hacía ya cincuenta metros, su bicicleta. No te pares, piensa el cirujano, pedalea.

Yo te decía no temas, en unos momentos te llevarán tumbada sobre cuatro ruedas como en un velero o como en la vela extendida de un velero, y cuidarán de ti. Pero tú estabas tan asustada que sólo querías que mis dedos te acariciaran para no romper la rutina de la vida, de la espera de estas últimas semanas. Me lo pedías con gestos cuando los demás se iban unos minutos al baño, a lavarse la cara, a llorar. No hablabas, pero con la mirada inquieta ibas llevando mis manos hacia la sábana que te cubría y, a la altura de tu vientre, levantabas los ojos y un poco la cabeza para que entendiera que querías que metiera mi mano por debajo.

Te he entendido, te decía, muevo la cabeza para que sepas que comprendo tu petición, pero así, sin desinfectarme las manos, en presencia de tanto familiar aséptico, no puedo acariciarte. Pero sí puedo tocar las cortinas. Abrir la ventana. ¿Ves? Desde aquí se ve el mar.

Ahora también yo tengo miedo. Debes de estar ya en la mesa de operaciones, la hoja de acero como espejo que refleja tu espalda, tus glúteos, la parte interna de tus muslos, tan cerca que ni siquiera tú puedes verte. En esta opacidad te preguntarás si estás ya en el cajón ciego. Deseo entonces aliviarte, decirte que no, que confíes, que escuches las voces bajo las mascarillas, las palabras con que se comunican los que te operan (intubación, monitor, bisturí); es el verbo de los que se esfuerzan para devolver al espejo la materia de tu carne renacida.

Te hablo, aunque entre nosotros haya tres o cuatro puertas, cada una con su ventanita redonda como un ojo de buey:

Tendrás que esperar. Bajo una bata de papel o quizá vestida sólo con desinfectante anaranjado, bajo dedos en guantes verdes o blancos que no te llevan al orgasmo sino que te manipularán el corazón como si fuera el hígado de cualquiera, un órgano sin nombre propio.

Te pido: aguanta.

Te advierto: puede ser que en el quirófano el sueño se te haga largo. Quizá pierdas la esperanza, porque a tus catorce años crees que lo que tarda es lento como el aceite que en el camino se cuela por una grieta y no llega.

Pero insisto: aguanta, anda en el sueño y palpa, busca, averigua el único rincón de la anestesia que te mantiene despierta en las ganas de abrir los ojos y vomitarla.

Hoy no puedo tocarte, ni podré mañana, sigo postergando la promesa como una zanahoria para que avances. No, como una zanahoria no, como algo que te gusta, como un pez, una sardina tan fresca que mantiene la forma del último coletazo, la carnada que te prometí tantas noches en tu habitación, en la cama donde hasta ayer tus padres ignorantes o sabios nos dejaban a solas, tú recostada sobre unos almohadones y yo sentado en una silla como el profesor que debía recuperar tus clases de matemáticas. Las fuerzas no te daban para llevarte a la escuela.

Entre nosotros una pizarra donde yo escribía las fórmulas que por la mañana había escrito para tus compañeros, que preguntaban ¿Se ha muerto Anaís? ¿Por qué no vuelve?

Tu madre me abría la puerta: Gracias, profesor, y me daba las gracias muchas veces por el pasillo hasta tu habitación. Gracias, profesor, y la niña ha mejorado o empeorado quizá, yo no escuchaba, o no lo recuerdo, pero sí recuerdo todo a partir de que ella salía para no interrumpir la lección. Un café recién hecho humeaba en tu mesilla de noche, que tú señalabas para decir: Mira, parece que el humo sale de mis medicinas, y yo lo bebía al instante, el humo. Ese humo me interesaba mucho más que el café.

Al principio, sonriente, callada, me recibías igual que cuando me esperabas en clase, tu corazón recuperado tras subir las escaleras de dos en dos, de tres en tres y, aunque siempre ibas tarde, lograbas entrar antes que yo, y fingías puntualidad; fingías que esperabas en el aula cuando yo te había visto al venir por el paseo, abajo, en la playa, apurada poniéndote el uniforme, metiendo libros y toallas en una misma bolsa. A veces traías la piel quemada por el sol, a veces algo de arena caía bajo tu silla, pero siempre te mostrabas tranquila, sin rastro alguno de sudor o de prisas. Tu corazón nunca te delataba, porque cuando estaba sano se reponía de la carrera como cualquier corazón de catorce años. Pero cuando enfermó, el movimiento más nimio se hacía evidente, todo era un esfuerzo, te levantabas para ir al baño y volvías sudando, con la mirada descompuesta, como si llegaras tarde cuando, en realidad, ya nada te esperaba.

Yo no sabía si darte la mano o dos besos. Eso fue los primeros días. Me sentaba en una silla y tú invariablemente te disculpabas por haber faltado a otra clase. ¿Cómo están mis compañeros? Pero en el tono de tu voz la pregunta no era ésa, sino: ¿Estarán en la playa?

A última hora de la tarde la fatiga de tu corazón te cansaba. Tus ojos, antes fijos en mí, pasaban a estar fijos en algún punto del aire, en el vacío donde se desvanecían primero las ecuaciones más complejas y luego las más simples, hasta que un uno más uno era apenas un dos dudoso y jadeante. Y ya en las primeras semanas tu espalda comenzó a resbalar hacia abajo aplastando los almohadones, y no te quejabas, pero me di cuenta: las matemáticas te aburrían, y el aburrimiento es un caballo marrón hacia la muerte. Y la cirugía y la nevera y el hospital quedaban todos aún tan lejos, tan tan lejos, que el corazón que ahora te ajustan latía en el cuerpo de un atleta joven, al tiempo que la tiza en la pizarra me parecía ceniza anticipada. Los restos de una resta que no suma una vida sin borrar otra.

Al ver tu aburrimiento retiré la pizarra para tocarte, como si intuitivamente supiera que el placer anima las células, y así quise imaginar tus glóbulos blancos como curiosos que esperaban de noche en noche unidos, fortalecidos, reproducidos en legiones de legiones hasta alcanzar el número que permitiera la operación de hoy. Glóbulos blancos como defensas en alerta que te sostenían la vida mientras esperabas la culminación de un placer sexual que por tu edad desconocías, un placer inacabado que te mantuviera en la tensión de un hilo que une un día con otro hasta la madurez que desdibuja la imagen inaceptable de tu adolescencia detenida.

Así fue: en primer lugar descubrirte la descarga sexual, el chispazo en el cuerpo de un pájaro mojado que en el vuelo junta dos cables de luz. La electricidad del dedo que no rompe el himen pero gotea. Sólo una vez, y luego, los demás días, acariciarte hasta dejarte a las puertas, siempre en suspenso con la promesa de acabar al día siguiente cuando, de nuevo, me detendría para mantenerte ansiosa de culminarlo al siguiente día que se alargaba a los siguientes días y semanas y meses durante cien noches hasta ahora. Ya entras sobre cuatro ruedas, mirando al techo que resbala blanco sobre ti avanzándote hacia el quirófano, en el pensamiento de que cuando salgas reencontrarás los cuatro o siete espasmos que una sola noche te sorprendieron, cuando aparté la pizarra para deshacer la tiza en el líquido genital, fluido amniótico que moja lo mismo la formación del vientre no nacido que la excitación del que se estira y contrae bajo unos dedos a temperatura corporal: de 36 a 38 grados. Centígrados. Humanos. Erectos como un corazón de atleta que vuelve a latir en las escaleras del colegio, y llega tarde, y sube los escalones apresurado, y los salta de dos en dos, de tres en tres, cargado de libros, de música, de arena, sin darse cuenta de que, en el último peldaño, un cirujano le está retirando la mano en un susurro: no te pares, niña, te están esperando.

Aurática

A Pablo Huet, Mercedes y Jesús,
mis amados caballos de vapor

No pienso comer nada que no venga directamente de tu boca. Así me acostumbraste. Era tu manera de detectar el veneno. Primero masticabas y luego me pasabas el alimento, empujándolo con tu lengua. Claro que ahora soy algo mayor y sé identificar los tóxicos por mí misma pero, aun así, me niego a comer nada que no pase de tu boca a la mía.

Mi dependencia oral te preocupa. Como hermana mayor temes que tu lengua no viva más que tú. De dónde comeré cuando no estés, me preguntas. Y yo te respondo que tu boca es más que un pecho. En la orfandad de esta tierra en glaciación y guerra, tu boca es la gruta donde resuenan las únicas palabras que me consuelan, y comer de ella es, para mí, beber de tu eco, besar el pezón de tu cabeza.

Adivino que, desde tu inquietud, has ideado este plan en el que participo pero desconozco. Te ayudo porque el amor que te tengo va más allá de que seas mi hermana y única conocida en el mundo. Aunque confieso que mi resignación encierra una constante intriga, y que varias veces he estado a punto de desobedecer alguna de tus reglas.

Pero por ahora la paciencia llega al límite de ahogar mi voz, y te hablo desde el pensamiento. No podría emitir las palabras, porque la tarea que me has impuesto requiere todo el esfuerzo del que soy capaz. Mientras el caballo tira de la cabina yo tengo que cubrir la ventana para ocultar lo que vas haciendo. Y debo esconderlo de una manera singular y trabajosa: utilizando, únicamente, el vaho de mi aliento.

***

El cuidado por mantener los cristales nublados con la sola bruma de mi respiración es agotador. Quisiera preguntarte por qué empañarlos de esta manera. Pero me callo. Ni una pregunta, ha sido tu primera condición. Y me respondo a mí misma. Son normas municipales no utilizar cortinas ni nada que oculte el interior de las cabinas, así que sólo un fenómeno natural, como el vaho, pasará inadvertido. Me engaño.

Afortunadamente los cristales son pequeños. Ahora me alegro de que la administración nos diera la cabina más chica. Al principio me resultaba incómoda su inestabilidad, sobre todo cuando el caballo aceleraba el paso y se levantaban las cuatro ruedas del suelo. Yo, que sólo he conocido la energía animal, solía preguntarte cómo era la de antes, la del futuro pasado, y tú me describías con ruidos el movimiento rápido y estable de esos vehículos congelados bajo la nieve, a los que sólo de vez en cuando el deshielo por el fuego descubre como flores de acero y tubos. Me gusta verlos. Brotes de primavera.

***

Hace tres semanas que te encubro. Me lo pediste una de las pocas veces en que hasta entonces te había acompañado a la ciudad. Al regreso, nos apeamos dos kilómetros antes de llegar a casa. Querías seguir a pie. Con la nieve hasta las rodillas, me dijiste que pronto pasaría algo, y me avisabas de que, para prevenir, debíamos cambiar muchas cosas. Comenzaste así a enumerarme los cambios que habríamos de acometer.

No preguntar. Fue la primera condición, que incluía tu silencio, porque al momento añadiste que tampoco podrás hablar y yo, por tanto, no debo esperar que lo hagas. La segunda condición —me aclaraste a modo de advertencia— fue que no me atreviera a mirarte durante los viajes. Para facilitarme tu deseo me pusiste esta venda en los ojos.

Así voy, de rodillas en el asiento, con mi boca pegada al cristal y el único empeño de exhalar, para ocultarte, tanto vaho como pueda.

El trayecto es una hora de ida y una hora de vuelta, y el cuidado debe ser especialmente extremo (el vaho especialmente denso) desde el momento en que entramos en la ciudad y aumenta el tráfico de gente que te puede descubrir.

***

Me gusta nuestra casa porque me parece un lugar seguro, al pie de esa montaña blanca que me encanta ver desde la distancia, ahora que nos vamos alejando. ¿Cómo se llamaba aquel extranjero que en los primeros años vivía con nosotras? Sólo recuerdo que te alimentaba y limpiaba tan superficialmente como a Misha, nuestro caballo. Creo que se fue cuando estuvimos listas para cuidar del animal y de nosotras mismas. Tú tenías once años, yo siete. A mí él nunca me dio de comer, porque tú, desconfiada, insistías en probarlo todo primero. Eso sí lo recuerdo. Y ahora, en silencio, tratas de quitarme esta costumbre arrimando tu boca a la mía sólo a primera hora de la mañana. Esperas que el hambre me obligue a comer por mí misma.

Misha se sabe de memoria el camino a la ciudad, a pesar de que tú nunca has querido que vayamos con frecuencia, porque después tengo pesadillas. Sólo hace unas semanas decidiste que debo aprender lo que en pretéritos ambientes de paz se enseñaba en las escuelas. Y escogiste a Akash como mi maestro, que sólo recibe una visita por día. Y Akash me enseña:

La paz. Mamífero prehistórico con colmillos de mamut.

***

Akash tiene treinta y cinco años. Veinte más que yo. Alcanzar su edad es, en la región, llegar a anciano. Pero su cuerpo no está todavía señalado por la enfermedad, como comienza a estarlo el tuyo, y por eso, a pesar de sus treinta y cinco años, no huelo más que salud cuando su boca me explica las lecciones al oído. Ocho clases me ha dado ya, en cuatro semanas. A media mañana me ofrece una fruta. No se cansa de ofrecérmela, aunque yo siempre la rechazo. Cuando él la mastica deseo su boca como si fuera un pico de águila. Él no me lo nota o, en todo caso, no comparte conmigo su fruta ensalivada.

***

En nuestro viaje de ayer me permitiste quitarme la venda. Creo que es porque me he acostumbrado de tal manera a la mecánica de cada regla que sabes que mi cabeza no se girará hacia ti por un descuido. Sólo miro al cristal. El mundo es para mí este cristal húmedo por fuera y que yo misma humedezco por dentro; esta ventana empañada por una doble coraza: mi vaho y el aliento atmosférico. Y, sin embargo, qué feliz soy de poder ayudarte. Además, curioso el efecto que provoca el levantamiento de una venda, porque aunque no pueda ver las montañas, las calles, los exterminios, siento que mi mente se ha liberado al mismo tiempo que mis párpados, y puedo imaginar con más lucidez lo que tú no me dejas ver.

La puerta se abre y se cierra repetidamente a lo largo del trayecto. La escucho y pienso que estás lanzando objetos afuera. Son esos productos prohibidos y necesarios. Los más escasos, aquellos que conozco sólo porque tú me has hablado de ellos; cosas que, como animales, como personas, se están extinguiendo. Me exalta pensar en ti como en una reserva natural que defiendo, y cada abrir y cerrar de puerta se me figura como un nuevo árbol en la repoblación de esta ciudad sin pulmones.

***

El tiempo sigue pasando y yo quiero, aunque no te vea, tocarte dentro de esta cabina, como te toco fuera. Ya no es sólo curiosidad, sino necesidad corporal. El deseo insatisfecho de abrazarte no es diferente a la presión de una vejiga llena. Hoy me he levantado con esas ganas de satisfacer todas tus indicaciones y merecer tu abrazo. No me he olvidado de tus reglas. No mirarte, no preguntar nada, pero no me habías dicho que tampoco podía tocarte, y, cuando al final del trayecto te he buscado palpando alrededor con los ojos cerrados, me has golpeado. Ningún contacto. Comprendido.

Lo inaudito es que me digas que tienes que ausentarte de casa. En un año esto es lo único que has hablado. Que tendrás que irte y que, a partir de ahora, sólo compartiremos el tiempo aquí dentro, el traqueteo de este cubículo tirado por cuatro patas. Me escuece la llaga de quedarme sin ti.

Sin dejar de mirar el cristal rompo, por primera vez, mi silencio. Dame un comedero y comeré, te digo. Comeré todo lo que haya dentro y hasta lo de fuera. Aparta de mí tu boca, pero no la alejes también de nuestra almohada. Tú, de nuevo, callas. Una explosión de silencio.

***

Qué diferente mi estado de ahora con el de la mañana en que entré aquí por primera vez. Aunque las normas eran igual de rígidas, sentí la emoción de un gran juego. Amanecía. Dijiste que irías siempre en la esquina derecha, agazapada. Sólo cuando mi boca rozara el cristal podría quitarme la venda de los ojos, hasta que el coche se detuviera, cuando debía volver a ponérmela para separarme del vidrio. Si en cualquier momento tenía la necesidad de distanciarme del cristal más de un centímetro, porque tuviera hambre, debía hacerlo siempre con la venda puesta. Así pegabas tus labios a los míos. No sabía que aquellos contactos del primer año serían los últimos que mantendríamos físicamente; el último boca a boca practicado en el vaivén del viaje, en un boomerang de movimiento pausado que al llegar a Akash se detenía para devolvernos a casa.

La primera semana la curiosidad fue tan grande que forcé los ojos para abrirlos bajo la presión del paño. Pero no quise desatender mi cometido, y ni por un instante separé mis labios de la ventana. Me sorprendió ver la rapidez con que mi aliento ahumó los cristales. Sábana de vapor de agua condensada que te esconde.

Desde que me has vedado tu boca sólo una cosa ha eclipsado la curiosidad: el hambre. Y finalmente he tenido que empezar a comer sin tu mediación. Pero duelen los capilares estallados de nuestras lenguas al separarse y, desde entonces, tengo la sensación de que pienso peor, que mis fantasías son pobres, que me separo de ti. Y añoro un dolor físico. Por ejemplo, esos pinchazos intensos en los pulmones que sentía cuando comencé a ayudarte. Me dolían por el esfuerzo de mantener permanentemente empañados los cristales. Era un mal tan localizado que dibujaba en mi mente la forma de los órganos, de modo que, cuando Akash me enseñó unos pulmones humanos, le dije: son inexactos. Fue la primera vez que le oí reír. Ahora sé que no reconocí aquellos pulmones porque pensaba que todos serían como los míos. Pero son los míos los diferentes, porque están hinchados. De tanto inflarlos he llevado sus paredes al límite de su expansión.

No sé si durante los primeros trayectos oíste salir de mi garganta un silbido de agotamiento. Al poco, la práctica me fortaleció, y aprecié el placer del ciego, reconociendo sensaciones que con los ojos abiertos no habría percibido.

Sentí, en mi cuerpo, el cuerpo del caballo; cada movimiento, cada subir y bajar de sus ancas traseras. La conexión era tal que cuando el vapor de agua que yo iba exhalando me humedecía el vello alrededor de los labios, las cejas, yo entendía que las gotas diminutas que nacían en mi rostro iban a morir hechas nieve sobre el pelaje del animal, de un negro inmaculado, de crines espesas y abundante pelo que le cubría, como una campana, el final de las patas. Los cambios de ritmo en su respiración me permitían anticipar sus relinchos. Y, aunque no lo veía, sabía que su respiración caliente condensaba el aire helado al tiempo que el mío enturbiaba los cristales. Misha y yo éramos la cabeza y la cola de un caballo de vapor. Y entre los dos, tú, mi hermana, estómago escondido, digestión secreta, úlcera de leyes infectas que yo sólo presentía, pero que, estaba segura, tú violabas.

Violaba el fuego la nieve y los tejados a nuestro paso. El fuego, si es grande, se ve aun con los ojos cerrados. La luz de las llamas me atravesaba la fina piel del párpado, y desde que entrábamos en la ciudad se me traslucían los fulgores de maderas incendiadas. La puerta continuaba abriéndose y cerrándose en esos brevísimos intervalos en que yo imaginaba que tú arrojabas antorchas y encendías casas.

***

Cuando el coche se para frente al apartamento de Akash, subo las escaleras ansiosa por asomarme a un tragaluz diminuto del tercer piso, desde donde veo arder algunas azoteas. Con la respiración todavía entrecortada tras la carrera, me gusta contar los distintos focos del incendio con que pienso que has marcado nuestro recorrido. Después llamo a la puerta. Akash, puntual y alto como un misil, me abre.

Me advertiste también que es necesario que ni siquiera él conozca tu existencia. Mientras él me toma las lecciones tú esperas en la cabina, escondida bajo unas ropas, hasta que al terminar entro de nuevo y reanudo el trabajo de exhalar mi aliento.

Ya llevo un año trabajando para tu secreto, sin compartirlo. La curiosidad de saber lo que estás haciendo crece por días. Quisiera contárselo a Akash, pero no lo haré, porque cuando fantaseo con la idea tengo la sensación de que, si quisiera conocerte, te esfumarías, en el mismo instante en que abriera estas puertas, pulverizada como un hueso viejo. Y Akash me ha dictado:

Hueso. Flor blanca de pocas primaveras.

***

Me acostumbro a vivir sola en la casa. No lo esperaba, pero el secreto que comparto contigo ha llegado a ser tan poderoso que suprime cualquier sentimiento de soledad. El enigma me une tanto como la presencia. Esto trae consigo otro mal, y es que mis esfuerzos por complacerte son tan grandes como mi miedo a decepcionarte y, algunas noches, tengo un sueño agotador y recurrente:

Tú estás en casa. Te escucho en el salón y entro. Veo que en medio hay una jaula enorme, algo más alta que yo. En el interior, un pájaro amarillo, pequeño. Angustiada, te grito que escapará, que los barrotes de la jaula están demasiado separados para un pájaro de su tamaño, y que si escapa morirá, porque no sabe buscar comida, ni sobrevolar el hielo. Tú abres la puerta de la jaula. Me dices que entre y que la llene de vaho, mucho vaho, tanto como pueda, tanto como para que el aire se haga espeso y tape la distancia entre las barras. Yo cojo aire y lo arrojo como una máquina, una y otra vez. Pierdo el equilibrio. Me mareo. Las plumas del pájaro se humedecen, mustias. Vuelvo a gritarte, te digo que mires, que prestes atención, que aunque cubra las salidas de la jaula el pajarito morirá sofocado en mi aliento. Tú te encoges de hombros.

***

El otro día, cuando aquel agente nos paró, quisiera haberte visto con sus ojos. Limpiando el cristal con la mano, miró en el interior y me pidió que saliera. Tú te quedaste dentro, pero ni siquiera entonces me atreví a mirar hacia tu rincón. Me hizo algunas preguntas, entró, estuvo inspeccionando durante unos minutos, pienso que te interrogó, y salió. Yo volví a entrar, me arrodillé en el asiento y, mientras el agente arreaba al caballo con un gruñido, comencé a empañar de nuevo el cristal. Tenía miedo. Mi corazón vibraba como una cuerda de violín. Me aterraba la idea de que fueras descubierta en tus delitos. Pero, aquel día, la policía no encontró nada.

***

Quizá por una confianza aberrante y arcaica en los ojos de la autoridad, nació en mí un pensamiento que suplantó la curiosidad por la desconfianza. Si el agente que te ha visto no considera un acto criminal lo que quiera que vayas haciendo —pensé—, acaso el crimen que cometas sea contra mí. Tus manos, tus trabajos, la boca por la que yo creía entrever mi protección, se volvieron en mi contra.

Aun en la desconfianza justificada por estos pensamientos me mantuve pegada al cristal. Y así, mirando ese mundo empañado que tal vez era menos nocivo que tú, se me fue curando, por medio del amor, la duda.

Y volví a añorarte. Pero hace ya dos años que la única señal que tengo de tu presencia es el abrir y cerrar de la puerta de la cabina.

Continúo luchando contra la idea de desobedecer y mirar, por fin, a mi alrededor, aquí dentro.

He pensado otra vez en compartir mi secreto con Akash. Él me quita la idea, porque confirma mi sentimiento al decirme:

Secreto. El más fiel perro del hombre.

Y entonces decido, para no ceder a mi impaciencia, volver a vendarme los ojos aun cuando mis labios estén pegados al vidrio. Una sensación nueva: huelo la tela por el lagrimal derecho.

***

Lo pienso sin atreverme todavía a decirlo. Pienso que hoy, hermana, voy a quitarme la venda. Los fuegos, las calles, las montañas, comenzarán a erguirse a medida que el vaho se vaya desvaneciendo. Y, por delante de todos ellos, te levantarás tú. Tu cuerpo al alcance de mi vista. Sólo tengo que darme la vuelta para verte. Para descubrirte en tu misterio.

También te voy a hablar. Pero cómo hablarte. Tanto tiempo hablando hacia dentro que no recuerdo cómo echar las palabras afuera. Tampoco me atrevo, todavía, a levantarme la venda. La toco. Está rota. Sólo la he olido. Nunca la he visto. Si es blanca estará ya sucia. Me la quito. Pero permanezco con los ojos cerrados, y así giro la cabeza hacia ti.

Estoy sin abrir los ojos. Pasan varios minutos. Espero otro golpe, un grito, un llanto de decepción por tu parte. Pero no hay nada de esto. Tiemblo de nuevo, como el día en que la ley nos paró. Ahora tengo miedo de que lo que te he estado ocultando tanto tiempo sea tan perverso que mi mente, separada de tu boca, no lo comprenda.

No quiero mirar. Sí quiero. Decido extender antes los brazos, que ellos le preparen el camino a la mirada. Toco los asientos. Toco el suelo. Toco el techo. Es mejor así. Sólo voy a tocar. Saco la cabeza por la ventana y le doy a Misha una voz para que se detenga.

Salgo. Mantengo los ojos cerrados. Avanzo palpando con las dos manos la cabina helada por fuera, la escarcha en el hierro, y llego hasta el animal, el otro extremo de mi cuerpo, la cabeza de mi cola. Le tiendo los brazos al cuello. Lo abrazo. Encojo las piernas y por unos segundos pendo de él. Mi torso alargado, péndulo de caballo. Vuelvo a poner los pies en el suelo. Froto mi lagrimal por su hocico y se lo beso repetidas veces. Mi hocico. Salado. Nevado. Me preparo para entrar de nuevo y mirarte. Entro. Y miro.

***

Miré, Akash. Miré y creí que el mundo se vertía bocabajo. Pensé que era una burla inmerecida. Toda la fuerza de mis pulmones y mi voluntad para ocultar un mal ingenio. Porque lo que había era nada.

Nadie.

La puerta de la cabina volvió a abrirse y a cerrarse. Volvió a ocurrir ese abrir y cerrar que durante años fue la única muestra de la presencia de mi hermana pero, ahora, veía la razón: la puerta batía ella sola. Eso era todo. Sola. Como yo. No mi hermana. Ninguna mano ni intención. El viento, quizá; cómplice improvisado.

Ocultar mi soledad, ése había sido el plan. Con el mimo de quien explica su muerte a un hijo y se la presenta envuelta como un regalo, mi hermana envolvió su presencia y me la regaló después de perderla. Más de dos años exhalando mi vapor para esconder el cuerpo que más temía, el más físico y descomunal: su ausencia. No sabía que, con mi aliento, yo misma escondía el vacío que dejó en la cabina, pero también dilataba, por el mismo artificio, su vida.

La cabina y yo. Renovación. Cáscara de huevo intacta a donde regresa la cría que la rompió. Humus que mi hermana fertilizó con su propia muerte. Manzano yerto que alimenta a la corteza viva, por donde crecen musgos y alas de microanimales acurrucados. Renacimiento.

Únicamente compartimos juntas los primeros trayectos, suficiente para que yo, confiada, continuara sola, durante más de dos años.

Sola. Sin saberlo.

***

Akash me retira el pelo de la oreja y me susurra:

Vacío. Arma arrojadiza de trayectoria inmortal.

Yo pongo su cabeza en mi pecho, tomo aire y lo vuelco en su nuca. Transpiramos por mi ombligo. Nos nublamos en un vaho que comienza a ascender. Dos gotas blancas y espesas caen el suelo.

Un solo hombre solo

A Peter Kahn, mi abuelo, mi padre, mi hijo

Cédric tiene treinta y cuatro años, pero el latido de su corazón joven es un latido ancestral porque, para que Cédric esté vivo, muchos tuvieron que sobrevivir antes que él. Situémonos, para comenzar, 32.000 años antes de nuestra era. Un hombre paleolítico acaba de salvarse del ataque de un lobo en una cueva al sur de Francia. Todavía alerta, escucha el eco de su respiración entrecortada, que empieza a disiparse conforme se tranquiliza. En la desaceleración del miedo emergen los sonidos de la gruta: la caída de una gota que se filtra por las paredes húmedas, las pisadas de un roedor que reanuda su transporte de semillas. Cuando el oído le confirma que no hay amenaza, el hombre levanta la antorcha y en la pared frontal de la cueva descubre, por primera vez, algo que nunca antes ha visto: la pintura. No sabe lo que es. Son bisontes y caballos que no se mueven. Depredadores que no atacan. Osos, búhos y hienas. El hombre vuelve a temblar de miedo. Al ver que las bestias permanecen inmóviles se atreve a aproximarse a la pared, despacio, desconfiado. Cuando está lo suficientemente cerca les arrima el fuego, las amenaza, las quema. Luego las toca. Recorre con un dedo los contornos de los animales y se lleva el dedo a la boca. Casi los roza con la nariz, los huele, les grita. Vuelve a acercarles el fuego. Pero no reaccionan. Bajo los dibujos hay un charco de agua terrosa, granate. El hombre moja su mano y marca la pared con la palma derecha. Es una mano reconocible por una característica singular: su dedo meñique apenas está desarrollado, es diminuto, casi invisible. En los días sucesivos el hombre motea con su palma roja de cuatro dedos las siluetas de los animales. Hoy, 34.000 años después, debido a que el yacimiento ha permanecido naturalmente cerrado, estas pinturas, que doblan en antigüedad a las pinturas más antiguas conocidas, parecen frescas, y en la mano tetradáctila de un hombre paleolítico vemos el primer autorretrato de la historia, el rostro digitado sin el cual Cédric no habría nacido.

Pero ahora Cédric espera una inyección letal atado en una camilla. Quienes se la van a administrar, debido al juramento hipocrático —comprometido en preservar la vida—, no pueden ser médicos. Se les llama *técnicos*. Estos técnicos le pondrán en cada brazo una vía intravenosa; tres drogas que en cantidades mortales serán aplicadas por orden. Primero, el tiopental sódico deshabilitará los sentidos. Cédric perderá el conocimiento. En una siguiente fase sus músculos, incluido el diafragma, comenzarán a paralizarse. Es la acción del bromuro de pancuronio, por la cual Cédric perderá la capacidad de respirar. Pero su corazón seguiría latiendo por un tiempo si no fuera porque, para acelerar el proceso —que no debe durar más de cinco minutos—, se le inyectará la tercera sustancia: el cloruro de potasio, que despolarizará el músculo cardíaco hasta que el corazón de Cédric se detenga.

Cédric mira el techo de la celda a donde le han traslada-do. Es mucho más blanco que el de la celda donde ha per-manecido los últimos cinco años. No está nervioso, porque aceptó tomar algunos sedantes orales que ya le están ha-ciendo efecto. Le ofrecieron las dos pastillitas sueltas en un pequeño plato de porcelana, junto con una copa de agua y una servilleta bien planchada, igual que se sirve un aperiti-vo. Recuerda aquel canapé de salmón que le ofrecieron en una terraza de verano, pero su aperitivo de ahora le está abriendo un apetito distinto. Un gusto amargo a pastilla di-suelta bajo la lengua comienza a liberarle los sentidos y le conduce a una ensoñación que el plato fuerte, inyectado di-rectamente en sus venas, cerrará. Está triste. No recuerda haber estado tan triste antes y, sin embargo, le gustaría que este momento se alargara durante toda una larga vida.

Cédric comparte con sus antepasados el mismo deseo de dilatar su vida. Siglo iii de nuestra era. Un hombre que, como su ancestro de cuatro dedos, se arma para defenderse. Frente a él no habrá un lobo, sino otro hombre. En el coliseo de Thysdrus, provincia romana de África, actual El Djem, el gladiador se prepara en la penumbra de los túneles para salir a la arena. Afuera, el sol está alto y se escucha el griterío de las gradas en olas que van y vienen de acuerdo con las cir-cunstancias del combate que se está librando en la arena. En las mazmorras huele a podredumbre de hombres y bestias, a sangre, heces y sudor. Antes de que el gladiador salga, un guardián pasa a lo largo de su brazo una espátula y, al llegar a la muñeca, vierte el sudor en un pequeño frasco. Si vuel-ve a salir vencedor del combate, el líquido se venderá por el doble de su valor actual. Una hora más tarde los esclavos al servicio del anfiteatro arrastran con un garfio de hierro al vencido, mientras el sudor amarillento del vencedor pasa por entre las manos de las mujeres en las gradas, que desean el frasco y pujan por su posesión. Con este último combate el gladiador ha ganado su libertad. Los próximos sudores los vuelca por voluntad propia en la piel de numerosas mujeres.

La seda fue el primer hilo que unió Oriente y Occidente. Los romanos creían que la seda crecía en unos árboles lanudos de China, y el Imperio chino, aprovechando esa creencia, guardó el secreto de su elaboración. Una ley imperial condenaba a muerte a quien osara exportar los gusanos o sus huevos. El ex gladiador, mudado a comerciante, no llegó a conocer en ninguno de sus viajes el misterio de los gusanos. Tampoco llegó a saber que, mientras las larvas *Bombyx mori* hilaban las fibras de proteínas de los capullos de la seda, una muchacha metamorfoseaba su espermatozoide en una crisálida que rompería, nueve meses más tarde, su hija.

Cédric recuerda un sueño recurrente en una etapa de su infancia. Más que un sueño, es una sensación que no había vuelto a sentir desde que, a la edad de once años, estuvo enfermo durante meses con unas fiebres reumáticas. Algunas noches, imaginaba que su nariz había quedado taponada por una semilla redonda y anaranjada. El pequeño fruto atascado le hacía conocer, a través del olfato, el sabor del árbol que, en el delirio, comenzaba a brotarle de la nariz. Cuando la fiebre remitía sacaba del armario una caja de zapatos. Allí estaban las pequeñas semillas saltarinas que su tía le había regalado al volver de uno de sus viajes, explicándole que, lo que hacía saltar el fruto, era una larva en su interior. La oruga necesitaba humedad para no resecarse y reaccionaba a los rayos ultravioletas con un movimiento que provocaba el salto de la semilla, como si ella misma fuera más animal que vegetal. Cédric, ahora con las muñecas y los tobillos sujetos a la camilla, se recuerda moviéndose de un lado a otro de la cama durante aquellas fiebres de la infancia.

Once siglos estuvo la simiente romana pasando de penes a vientres chinos hasta que, en 1405, salta, en la sangre de un almirante plebeyo, a la flota de la dinastía Ming; una flota cuyo número de naves supera en aquel momento al de todas las flotas europeas juntas. Siete velas cuadradas de seda roja ondean en la nave principal, de ciento treinta y cuatro metros de eslora. Al timón, el almirante Zheng He, el plebeyo que a la edad de once años fue arrancado de su familia y llevado a la corte como regalo para el hijo del emperador. Como excepción, no fue castrado, y en dos de los treinta y siete países que visitó, dejó a tres mujeres embarazadas. La última, en España.

Como los hilos de la seda, el hilo de la peste pasa de Asia a Europa. Una descendiente de Zheng He, cierta mañana de 1649 en Sevilla, descubre en la piel de su marido una bola negra, que se multiplica en otras bolas durante los días sucesivos. Muchos vecinos experimentan los mismos síntomas; escalofríos, dolores de cabeza, hemorragias y lesiones necróticas. Son parecidos a los de la peste que había asolado Florencia exactamente tres siglos antes, caracterizados por un curso rapidísimo, tan veloz que un humanista italiano lo refirió así alrededor de 1351: «¡Cuántos hombres ilustres, cuántas bellas mujeres, cuántos jóvenes gallardos, a quienes

Galeno, Hipócrates o Esculapio hubieran juzgado sanísimos, almorzaron por la mañana con sus parientes, compañeros y amigos, y cenaron por la noche con sus antepasados, en el otro mundo!».

La epidemia diezmó a la mitad de la población de Sevilla, y constituyó la primera arma biológica conocida. Así, durante las guerras, los muertos por el contagio se catapultaban a las ciudades enemigas para extender la peste. Al principio la enfermedad se transmitió a través de las pulgas de las ratas. Dos ratas tienen dos mil crías en un año, pero la peste mutó en poco tiempo y comenzó a pasar de hombre a hombre a través de la tos. Cédric, en la celda aséptica de una época que invierte en la exploración de armas biológicas, tose, y arroja una flema purulenta.

En el Moscú del siglo XIX un hombrecillo borracho se gana la vida cantando canciones populares. En julio de 1812, llevado por la fortuna a las proximidades del río Niemen, se encuentra con la *Grande Armée* de Napoleón. Desde un escondite, ve arrojar cientos de cadáveres a fosas comunes. No son víctimas de la guerra, sino de la llamada *fiebre de las trincheras*, transmitida por el piojo humano. Al morir de viejo, el hombrecillo dijo que el alcohol, que por aquel entonces se consideraba la mejor medicina para ciertas enfermedades epidémicas, le había salvado de la fiebre a pesar de los muchos piojos que habitaron su cabeza. Se lo decía a su hijo pequeño entregándole, como única herencia, una botellita de licor de zapekanka.

Cédric no sabe si tiene derecho a una última voluntad pero, desde el sopor de los calmantes, pide un trago. Al pedirlo siente su lengua pesada, acartonada. Recuerda la rugosidad del tronco de un árbol en las tierras de sus abuelos. Se ve a sí mismo de niño levantando la corteza con sus manos suaves. Es un tejo, escucha decir a la voz de su abuela. Un árbol sagrado, decía ella, porque es inmortal y, antes de morir, cuando está pudriéndose, deja caer una hoja en el interior de su tronco. Esta pequeña hoja, le explicaba, comienza a limpiar la podredumbre, como un pececillo *corydora* limpia las paredes de un acuario, y para ello se come lo podrido, que convierte en su alimento, y así crece hasta formar la raíz sana que sostendrá al árbol durante mil años más. Y Cédric, inmovilizado en la camilla, escucha la canción de su abuela mientras le arrulla a la sombra del tejo: «Las vidas de tres zarzos, la vida de un perro. Las vidas de tres perros, la vida de un caballo. Las vidas de tres caballos, la vida de un hombre. Las vidas de tres hombres, la vida de un águila. Las vidas de tres águilas, la vida de un tejo. La vida de un tejo, la longitud de una era. Siete mil eras desde la creación hasta el día del juicio».

Cédric vislumbra la cabeza de un técnico sobre él. Cierra los ojos y ve una foto. Es como una familia grande, con mucha gente, jóvenes, niños, ancianos. Todos miran a la cámara. Intenta identificar la foto. Tira, en la pesadez de la narcosis, del hilo de la memoria. Entonces recuerda una conocida noticia. El 13 de octubre de 1972 un avión con cuarenta y cinco pasajeros, en su mayoría jóvenes integrantes de un equipo de rugby, se estrella en la cordillera de los Andes. Los supervivientes lograron sobrevivir setenta y dos días en la nieve alimentándose de la carne congelada de sus compañeros muertos. Pero lo que retumba en la cabeza de Cédric no es la noticia. Es la foto. Esa foto que se le ha pegado a la corteza del cerebro, que poco a poco va ralentizando los pensamientos. No tiene ánimos, salvo para la tristeza. Su tristeza es como la hoja del tejo que se transforma en vida por medio de la muerte, una raíz, una garra que aprieta más conforme las fuerzas desaparecen. Su tristeza, el nervio de la debilidad extrema. Siente el pinchazo en la vena. La foto. La foto con todas esas caras que miran al objetivo. Todas alegres. Son muchos. Cada uno sonríe a su manera, y él en cambio tan triste a la manera de cualquier hombre del mundo, en la camilla. Detenido en esa imagen de alegría, recuerda el testimonio de uno de los supervivientes de los Andes: «En el avión íbamos cuarenta y cinco. Sobrevivimos dieciséis. A los veinte años nos reunimos y nos hicimos una foto. Ya éramos setenta. Ahí vimos la mano de la creación». Cédric gira la cabeza un poco y ve su brazo inyectado. Los técnicos le han dejado solo. Quizá ya esté delirando, pero le parece escuchar que su corazón late cada vez más lento, como aquel hombre paleolítico de nueve dedos escuchó, en la desaceleración del miedo, los ruidos de la caverna, la vida que emergía. Cédric ve el líquido que pasa desde el fino tubo de plástico hasta su vena invisible. Mira su mano. El líquido va entrando y él reúne sus últimas fuerzas para la articulación de un pensamiento: Cédric se pregunta de quién habrá heredado su mano de cuatro dedos.

Leche

A Hui Zhang, Deuckjoo Kim y Rafael Córdoba

En diciembre de 1937 dos periódicos japoneses comenzaron a cubrir la noticia de un concurso: los lugartenientes Toshiaki Mukai y Tsuyoshi Noda habían decidido competir amistosamente en un enfrentamiento a espada, cuyo vencedor sería aquel que consiguiera matar antes a cien prisioneros chinos. El domingo 5 de diciembre la puntuación fue de ochenta y nueve cabezas para Mukai y setenta y ocho para Noda. El día 13 del mismo mes volvieron a competir. En aquella ocasión Mukai consiguió ciento seis y Noda ciento cinco, aunque no quedó claro cuál de los dos había llegado antes a los cien.

Zhan Wu había leído estos datos muchos años después, y había visto los periódicos originales donde aparecieron, con las fotografías de Noda y Mukai posando con sus uniformes y catanas. Sin embargo, de aquella otra cosa que había visto tan de cerca como el pezón de su madre, no recuerda nada, porque cuando en aquel mes de diciembre la ciudad amurallada de Nanking se convirtió en un campo de concentración, él tenía sólo seis meses. Es la misma edad que tiene ahora su bebé, que llora en brazos de su mujer mientras intenta sacar leche de unos pechos que desde hace dos días no han vuelto a llenarse.

Xiuying Shi está inmóvil y seria. De vez en cuando vuelve a poner su pezón en la boca del hijo, que con el llanto ha dejado de succionar. Al contacto con la piel en sus labios el niño calla por un segundo. Pero no sale nada, y vuelve a llorar. Xiuying mira las latas de comida en el suelo, el pan duro, un trozo de pescado seco. Recuerda un día de cuando tenía diez años. Se ve a ella misma machacando con un mortero saltamontes y hormigas para darle la papilla a un polluelo caído de un nido. No quiere abrir el pico, y ella le mete el puré por un lateral que parece una sonrisa amarilla y blanda. La cría murió a la mañana siguiente, porque a los insectos machacados les faltaba otra cosa, algo de la madre pájaro, los jugos gástricos, quizá. Xiuying vuelve a mirar las latas, el pan duro, el trozo de pescado seco y, aunque se le pasa por la cabeza machacarlo todo para dárselo a su hijo, sabe que no merece la pena intentarlo. Ya trató de darle pan disuelto en agua y el bebé lo ha vomitado. Aguarda todavía con esperanza a que sus pechos vuelvan a tensarse.

Tampoco Xiuying Shi sabe que treinta años atrás el padre de su bebé intentaba, con la misma desesperación, sacar leche de los pechos vacíos de su madre. Zhan Wu no dejaba de llorar. La madre se esforzaba por calmarlo meciéndole en sus brazos, con caricias, con susurros, pero el niño no callaba y, al cabo de un rato, temerosa de llamar la atención, lo metió bajo sus ropas para amortiguar el llanto. Cuando levantó la mirada vio a un grupo de cuatro soldados acercarse. Ella misma, para demostrar que lo que escondía era inofensivo, volvió a descubrir a su bebé, y lo levantó en sus brazos como una presa de caza para que los soldados pudieran verlo mientras se aproximaban.

Zhan le pide a su mujer que descanse. Ha estado despierta más de veinticuatro horas. Abre su abrigo para acoger al niño que, por alguna razón, ahora se tranquiliza. Se hace un silencio absoluto, y no sólo el ruido cesa, sino que incluso las hojas de los árboles, las latas vacías, dejan de moverse. Es un silencio que como una ventosa mete a la madre agotada en el vacío. Xiuying se queda dormida casi inmediatamente. Zhan la mira. Al verla así, sentada en el suelo, con la espalda apoyada en la pared, los brazos tan delgados, caídos, laxos sobre la tierra, recuerda otras fotos de los periódicos. Fotos de lactantes y abuelas de Nanking, tiradas, amontonadas unas sobre otras, formando enormes montículos, montañas hembras de senos y pubis femeninos que tenían a sus maridos, nietos, amantes, en las montañas de enfrente.

Cuando los soldados llegaron hasta la madre de Zhan, ésta bajó aún más la cabeza, se inclinó en señal de respeto y volvió a acomodar a su hijo bajo el abrigo. Escuchó los pasos de las botas arrastrando la arena y, al ver el primer par bajo sus ojos, se esforzó para bajar un centímetro más la cabeza. Pudo sentir, así, que el cuerpo de su bebé le rozaba la barbilla cuando dos manos enguantadas se lo sacaron del abrigo.

Xiuying se despierta sin moverse. Tan sólo los párpados se abren. Zhan le separa el pelo de la cara, pero ella tiene las retinas fijas y turbias como una gata enferma. Permanece unos minutos quieta, vuelve a cerrar los ojos y se lleva las manos a los pechos. Nada. Y grita:

—¡Nada!

Toma al niño en sus brazos y vuelve a colocarle la boca en un pezón. El niño vuelve a chupar y vuelve a llorar. Pasa su boca al otro pezón. El niño lo rechaza. Ella le grita:

—¡Chupa!

El llanto del niño se vuelve un chillido agudo y ella le presiona la cabeza contra su pecho.

—¡Te he dicho que chupes!

Está lastimando al hijo y el padre tiene que arrebatárselo.

La madre de Zhan no se atrevía a levantar la mirada para reclamar a su bebé. Susurró algo ininteligible, se tiró al suelo de rodillas y apoyó la cabeza sobre las botas del militar. Pero el llanto de su bebé sonaba más allá de aquellas botas. Escuchó entonces que los otros tres soldados, más alejados, se pasaban al niño del uno al otro entre risotadas e insultos. Uno de ellos le gritó a la mujer que se levantara del suelo y les mirara, pero que no se moviera. Ella obedeció, levantándose, erguida, con los pies muy juntos, y vio cómo los soldados se pasaban el niño, al vuelo, como una pelota.

Zhan intenta calmar al pequeño. A pesar del frío, Xiuying sigue recostada en la pared con los dos pechos descubiertos. El padre deja en el suelo al bebé envuelto en su manta y se acerca a gatas hasta su mujer. Le chupa un pezón, primero suavemente y luego con más fuerza. Luego el otro, absorbiendo muy hacia dentro, cada vez más fuerte. Los mama, los aspira, los lame, y Xiuying aprieta los ojos en un gesto de dolor y de súplica. Finalmente él retira la boca y deja caer su cabeza sobre ella. Llora sobre las aureolas amoratadas y el olor de su saliva en la piel de su mujer.

Treinta años antes, frente a la mirada de su madre, Zhan volaba de mano en mano entre el grupo de cuatro soldados.

—¿No quieres chupar? —decían entre carcajadas—. ¿Es que la perra de tu madre no tiene leche?

La madre temía que, como ya había visto alguna vez, uno de los soldados lanzara hacia arriba al bebé para ensartarlo en su bayoneta. Rogaba hacia sus adentros para que los soldados continuaran pasándose al bebé de uno a otro. Deseaba que se prolongara ese momento, ese vuelo horizontal, toda la eternidad si fuera preciso; todo, con tal de no ver a su hijo lanzado hacia arriba. Si hubiera intuido la idea que comenzaba a gestarse en la cabeza de uno de los soldados, habría suplicado en ese instante la muerte súbita para su hijo.

Zhan nota en la cara las manos frías de su mujer. Ella le aparta la cabeza para poder levantarse. Él ve cómo toma al niño, tan despacio, y lo tiende entre los dos. Luego se acuesta de medio lado sobre la tierra que el día anterior habían limpiado de pequeñas piedras. El niño duerme. Visto así parece que no se esté muriendo. El padre y la madre se miran por encima del hijo enmantado, pero en sus miradas ya no hay comunicación. No hay nada. Son ojos desecados en una ausencia total de pensamientos e intenciones. Cualquier sonido es sólo una llamada distante. El tiempo que media entre las sensaciones y la conciencia se dilata. Zhan y Xiuying son únicamente las ramas secas de un nido abandonado.

En la cabeza del soldado la idea terminó de fraguarse. Cuando Zhan llegó a sus manos no volvió a pasárselo a sus compañeros, pero éstos no iban a reclamarlo, porque sabían que en aquel lugar un juego sólo se interrumpía para comenzar otro juego mejor. El soldado pellizcó la cara del bebé con fuerza, como una muestra de cariño a un niño mucho mayor. Los otros tres esperaban sedientos de violencia. Aguantaban el suspense porque sabían que no iba a decepcionarles. Confirmaron las expectativas cuando vieron que el soldado se bajaba los pantalones. Aunque todavía no imaginaban lo que estaba por suceder, las risas comenzaron a ser algo más nerviosas.

Zhan y Xiuying siguen inmóviles. Dejaron las bocas abiertas para calentar el nido, como dos águilas que, desplumadas, abren el pico para intentar el calor del aliento mamífero. Sus únicos movimientos son los que ocurren en sus cerebros. Zhan está teniendo un sueño: dos militares compiten por su cabeza para ganar un concurso. Un sable les corta la cabeza a los tres, pero el juez del juego cuenta sólo una. Su voz sale por el cuello cortado, hueca como si saliera por una tubería: «Somos tres», dice, y las montañas machos y hembras se devuelven el eco en un zigzag hasta que el tres se pierde por los canales de la cordillera, por las axilas, las ingles de los cadáveres que reclaman el número que les corresponde.

Tras bajarse los pantalones el soldado pidió a los otros que acercaran a la madre. Le destapó el torso y puso la boca del bebé en uno de los pechos. Cada vez que el niño trataba de succionar, el soldado volvía a separarle del pezón, hasta que al fin le sujetó a la altura de su cabeza para decirle:

—¿Sabes? Tu madre no tiene leche. Pero yo sí.

Rozó entonces con su pene la boca del niño que, azuzado por el hambre, comenzó a chupar. Aunque el sexo del soldado era demasiado grande para su boca, el hombre se lo metía a la fuerza. El pene comenzó a levantarse y el soldado empujaba la cabeza del niño conforme el placer le subía a la cara, apartándole de sus compañeros, de la burla, de la risa. La madre aguantaba, resistía, no quería moverse, esperando que la eyaculación llegara antes de que su hijo se asfixiara. Cuando el soldado logró terminar, arrojó a los brazos de la madre al niño inerte.

Pero Zhan Wu no murió. Mientras los soldados se iban alejando la madre intentó ocultar ese hilito de vida que empezó con un pequeño gimoteo y terminó con un llanto recién nacido. Quizá el miedo le despertó la leche, y cuando el niño volvió a alimentarse su madre supo que la matanza de Nanking les dejaría a ellos con vida. Nunca se lo dijo a Zhan, pero hoy, treinta años después, las células del hombre deben de guardar algo de memoria porque, para aquel bebé que ahora es padre, la visión del hijo que se muere hambriento le provoca una reacción corporal. La agonía de su niño tonifica cada uno de sus músculos. Es como un despertar hormonal que ocurre de un minuto a otro. En este vigor destapa el escote de Xiuying y comprueba que sus senos siguen vacíos. Ella no reacciona ya a nada, pero Zhan sí siente; todo su cuerpo parece receptivo a un nuevo estímulo, a una erección que, como unas glándulas mamarias que se llenan, le llevan a realizar un movimiento instintivo. Antes de abrir los ojos Xiuying escucha el sonido de su hijo que succiona a un metro de ella. El niño bebe la leche materna del padre y Xiuying, adormilada, comienza a despertar de la profundidad del sueño con su propio canto de paz: «La loba mira a su lobito beber la leche del caballito».

Agradecimientos

Quiero manifestar mi agradecimiento al departamento de Lenguas y Literatura Hispánica de Stony Brook University. Pienso en todos, pero con un cariño especial en aquellos que durante cinco años acortaron con su saber y humana cercanía la distancia entre mis proyectos y el papel: Lou Charnon-Deutsch, Román de la Campa, Pedro Lastra, Gabriela Polit Dueñas, Victoriano Roncero López, Lilia D. Ruiz-Debbe y Kathleen M. Vernon. Gracias.

Agradezco a Enrique Murillo, mi editor, su inteligencia, el cuidado de la palabra, el ritmo, el gesto. Le agradezco también el efecto que su aliento ha tenido en la evolución de mi escritura. Gracias por desmontar el dogma de que la desdicha nos hace mejores, por quemar la idolatrada cruz de la miseria. El crecimiento libre y sencillo ocurre al calor del estímulo. Gracias, Enrique, por tus ojos de lince y tacto de animal suave y salvaje.

Gracias a Julio Ortega, mi primer lector y motor, por seguir entusiasmándome hoy con su obra y persona, con la misma fuerza y sorpresa con que lo hizo aquella primavera de 2006 en una isla de Nueva York.

Para la composición del texto se han utilizado tipos
de la familia Janson, a cuerpo 12 sobre 14,919.
Esta fuente, caracterizada por claridad,
belleza intrínseca y vigor, recibió su nombre
del tallador holandés Anton Janson,
pero fue tallada por el húngaro Nicholas Kis en 1690.

Este libro fue maquetado en los talleres gama, sl.
Fue impreso y encuadernado para Los libros del lince
por Thau, S.L.,
con papel offset ahuesado de 80 gramos,
en Barcelona, abril de 2013.

Impreso en España / *Printed in Spain*